FILHOS DE HIPPIES_

FILHOS DE HIPPIES
MAXINE SWANN

tradução Mário Vilela

Planeta

TÍTULO ORIGINAL *Flower Children*

PREPARAÇÃO Norma Marinheiro
REVISÃO Tulio Kawata
CAPA E PROJETO GRÁFICO Vanderlei Lopes
DIAGRAMAÇÃO Balão Editorial

Dados Internacionais de Catalogação na Publicação (CIP)
(Câmara Brasileira do Livro, SP, Brasil)

Swann, Maxine
Filhos de hippies / Maxine Swann ; tradução
Mário Vilela. -- São Paulo : Editora Planeta
do Brasil, 2011.

Título original: *Flower children*
ISBN 978-85-7665-620-3

1. Ficção norte-americana I. Título.

11-03008 CDD-813

Índices para catálogo sistemático:
1. Ficção : Literatura norte-americana 813

2011

EDITORA PLANETA DO BRASIL LTDA.
Avenida Francisco Matarazzo, 1500 – 3º andar – conj. 32B
Edifício New York
05001-100 – São Paulo – SP
www.editoraplaneta.com.br
vendas@editoraplaneta.com.br

Para minha mãe, meu pai e meus irmãos, Leda, Jake e Kyle

SUMÁRIO

FILHOS DE HIPPIES

Eles têm liberdade para correr para onde quiserem, quando quiserem, e a aproveitam. O terreno descai da pequena casa deles, no morro, seguindo uma trilha espinhosa; há uma estrada de terra, o pasto do bezerro, brejos, a vala, pomares e depois o riacho, em cuja margem oposta surge uma montanha arborizada – que eles escalam. Chegando ao topo, tomam fôlego na luz. A montanha dá vista para lavouras que vão até onde a vista alcança – alfafa, soja, milho, trigo. Não têm certeza de onde termina a terra deles e começa a dos outros, mas o que lhes dizem é que isso não importa: Não tem importância! Vocês podem ir aonde quiserem!

Passam o tempo todo trepados em árvores – macieiras jovens e velhas, carvalhos-americanos, nogueiras, o corniso quando floresce no começo da primavera. Seguram as folhas contra a luz e espiam através delas. Fecham os olhos, e pressionam o rosto contra a folhagem, e esperam até a sensação de escuro chegar e fazer o corpo inteiro se mexer. Descobrem cascas de gafanhotos, pererecas, um casulo de mariposa. Agora sabem que ruído é aquele quando as pererecas se esgoelam de noite. Nas lavouras, coletam ossos de marmota. Fazem montinhos funerários como aqueles do deserto e os consagram com flores e folhas. Gostariam de ser plantas, e ficar muito quietinhos junto à terra durante a noite, e estar cobertos de gotas de orvalho pela manhã. Gostariam de ser Robin Hood e de ser índios. No verão, esfregam lama pelo corpo inteiro e sentam ao sol para deixar secar. Quando a lama seca, levantam-se devagar, como velhos e velhas de pele enrugada, e andam tesos pela mata até o riacho.

Os pais não se preocupam com o que eles fazem. São as crianças mais sortudas do mundo! Correm pelados no meio da tempestade. Tomam banho com o pai, cinco corpos numa banheira só. No pasto, deitam-se esticados de costas e esperam os urubus aparecerem. Quando os urubus começam a voar em círculos, as crianças ficam muito quietas, paralisadas de medo, e imaginam como seria ser comido vivo. Aquele lá tá mergulhando!, dizem, e se levantam de um pulo. Não, a gente não morreu! A gente tá viva ainda!

As crianças dormem todas num quarto só. Os pais construíram eles mesmos a casa, com quatro cômodos e quatro pavimentos, um cômodo pequeno em cima do outro. Com o primeiro dos filhos – menina –, moraram numa tenda no quintal atrás das macieiras. No quarto das crianças, são três leitos. As duas meninas dormem numa cama só, e o menino mais novo fica num berço de madeira que a mãe fez. Um vaso sanitário sobressai, todo exposto, perto do poço da escada. Os pais dormem no andar mais alto, debaixo dos beirais, num quarto que tem claraboias e cujas paredes estão cobertas de papel prateado de isolamento térmico. Na sala, um balanço pende do meio do teto. Para um dos lados do balanço, estão o fogão a lenha e a banheira, ambos com pesados pés de ferro. Estantes de livros recobrem todas as paredes, e há um atlas, que as crianças estudam de cabo a rabo, atentamente, e uma enciclopédia, de onde elas copiam peixes. A cozinha, no térreo, foi escavada num morro. O chão é de terra e cascalho, e as paredes, úmidas, são de pedra. De vez em quando, as cobras-pretas aparecem ali para trocar de pele. As crianças, quando não estão lá fora, passam a maior parte do tempo na cozinha; brincam com as pedras no chão, fazendo pirâmides ou morrotes, e depois os derrubam de um golpe. Descendo por uma trilha íngreme e estreita, há um chuveiro coberto. E, nas matas lá atrás, um poço redondo, de pedra.

Não há nenhum lugar onde se esconder na casa, nenhum porão, nenhum armário, de modo que as crianças saem também para isso. Passam horas no riacho, com água pela cintura. Ficam olhando os pitus batalharem entre si e arrebentarem as garras uns dos outros. Depois, as crianças apanham os mais fracos por trás, quando estão desprevenidos e elas se agacham no escuro, debaixo de pilhas de pedra. Pegam peixinhos também, e salamandras com a pele lisinha das rãs, e tentam apanhar cobras, embora nunca tenham muita certeza do porquê de quererem isso. Irritam-se com a maneira que a água faz as coisas mudarem bem debaixo de seus narizes, transformando os peixinhos em fiapos chispantes de luz verde e fazendo as pedras sujas do fundo cintilarem. Certa vez, encontraram uma tartaruga dentro de um bloco de gelo, e o pai, para fazer sopa, a tirou de lá com um machado. As crianças enfiam a cabeça debaixo da água e fazem bolhas ao respirar. Ficam assim o máximo que conseguem. Gostam do jeito que os cabelos ficam debaixo da água, espalhando-se ao redor dos rostos como leques ondulantes. As vozes ficam diferentes também, como as de gente esquisita de alguma terra estrangeira. Baixam a cabeça na água e conversam; berram e riem, experimentando essas vozes estranhas que afloram da boca e inflam para fora, sem parar, como nenhum outro som que já tenham escutado.

As crianças sofrem com urtiga, formiga, sumagre-venenoso, abelha. Vão ao brejo e voltam com a cabeça coberta de carrapichos e carrapatos. Então, do lado de fora de casa, catam aquilo no couro cabeludo umas das outras, botam os carrapatos num peitoril e usam uma pedra pontuda para moê-los até virarem poeira.

Assistem ao abate dos porcos e frangos. Aprendem que as pessoas têm dentes dentro da cabeça. Uma noite, o pai tira a camisa e se deita na mesa da cozinha para lhes mostrar onde ficam os órgãos. Passa a mão na pele sardenta, segurando-a em diferentes lugares – coração, estômago, pulmão, pulmão de novo, rins, vesícula, aqui o fígado. E, de repente, as crianças querem saber o que há dentro de tudo e, assim, despedaçam tudo o que encontram. Flores, vagens, casulos, cascas, sementes – esfrangalham o quintal inteiro à procura de algo, e querem saber de tudo o que enxergam e não enxergam, seja geada, seja minhoca, e saber quem decide quando chove, e se existem fantasmas e fadas, e quantas são as gotas de água e as estrelas, e, muito embora elas próprias matem coisas, querem saber por que tudo morre, e para onde os mortos vão, e onde eles ficavam esperando antes de terem nascido. No bosque de avelãzeiras? Atrás da casa das cabras? E como era que eles sabiam quando já estava na hora de vir?

Os pais se encantam com a mulher de neve que os filhos constroem com seios enormes, e pênis, e cabelo feito com colar de pedras. Os pais se encantam com aquelas crianças de todo jeito, crianças que serão como nenhuma criança jamais foi. Nessa casa com esses filhos, criarão um mundo novo – um mundo que não terá nenhuma relação com aquele que conhecem –, e nele não se mentirá sobre nada, não se falará aos cochichos sobre nada, nunca se esconderá nada. Para essas crianças, não haverá lições tacanhas sobre como segurar o garfo, ou dar aperto de mão, ou o que se deve dizer e o que não se deve dizer nem ver. Tampouco a cabeça dessas crianças ficará restrita a conjuntos e subconjuntos de normas, normas para crianças, sobre quando ficar quietas ou ir para a cama, sobre as causas e efeitos de diversas punições que vão aumentando em gravidade segundo uma escala graduada. Não, para essas crianças não! Elas serão diferentes. Aprenderão só as coisas importantes. Aqui, nessa casa, o mundo se revelará com luz diferente, nova, uma luz que incidirá sobre todas as coisas. Até aquelas zonas sombrias e proibidas pelas quais os próprios pais vagaram quando crianças, apavorados e sozinhos – também elas serão iluminadas, pois os filhos as atravessarão carregando as tochas bem alto! É, nessa casa se falará de tudo, tudo mesmo, e nada deixará de ser visto.

O pai as segura no colo quando vai ao banheiro, risca fósforo para acender os peidos quando está na escada, gosta de falar de fezes e examina todo cocô que faz, a textura e o cheiro, e o cocô dos filhos, porque tem teorias sobre cocô que ele desfia durante horas – aliás, ele tem teorias acerca de tudo. No barraco de ferramentas perto da casa, ele tem um escritório onde fica horas e horas e é regularmente visitado por ideias que sai para explicar à mãe das crianças e às próprias crianças. Quando a mãe das crianças está ocupada ou não presta atenção, ele explica as ideias às crianças, ou a uma só delas, numa linguagem que não entendem, mas certas palavras ou combinações de palavras se imprimem nos cérebros dos filhos e lá ficarão, embora eles ainda não saibam disso, palavras que ressoarão em seus ouvidos pelo resto da vida – Nixon, energia eólica, energia nuclear, Vietnã, padrões fecais, energia termomarítima, seminários EST, direitos civis. Um dia essas palavras terão todo tipo de significado, mas agora não significam nada para as crianças – elas vivem uma vida de fantasmas, de contornos sem forma, a lhes zanzar dentro das cabeças. As crianças ouvem atentamente. E assentem, e assentem, e assentem.

Os pais cultivam maconha numa lata grande debaixo da pia da cozinha. Quando a babá chega, a mãe das crianças lhe mostra onde fica a lata. A babá brinca com as crianças, uma brincadeira em que a gente liga o som bem alto e corre pela sala pulando do sofá para as poltronas e das poltronas para o balanço, procurando nunca pisar no chão. A babá lhes mostra a tatuagem entre as pernas, uma rosa brilhante com espinhos, e depois convoca todos os seus amigos. Mais tarde, quando as crianças descem para beber suco na cozinha, elas veem através da nuvem de fumaça os dez corpos nus que estão sentados ao redor da mesa, jogando cartas. A babá e seus amigos convidam as crianças, mas elas preferem não jogar.

Os pais as levam para protestos em diferentes cidades. E, às vezes, as levam a *shows* de música. As crianças usam camiseta e carregam pôsteres, e depois a multidão inteira solta balões de gás. Os pais fazem festas do pêssego e convidam todos os amigos. Ouvem música, dançam e nadam pelados no riacho. Todo o mundo tira a roupa e esfrega polpa de pêssego na pele uns dos outros, fazendo isso pelo corpo inteiro. As crianças estão livres para participar, mas elas não têm vontade. Sentam no morro, enfileiradas e completamente vestidas. Mas memorizam o tamanho dos seios e o formato dos pênis de todos os amigos dos pais e depois conversam sobre isso entre si.

Certo dia, no fim do inverno, uma mulher começa a vir à casa deles. Tem olhos cinzentos e uma imensa cabeleira cor de trigo. Dá risadas rápidas, mostrando dentes pequenos e brancos. Parece feia de alguns ângulos, mas bem bonita de outros. Vem de manhã e colhe coisas na horta. Nos aniversários, aparece de novo na hora do jantar. Traz presentes. Na Páscoa, chega vestida de coelho, usando pijama amarelo-vivo. É muito boazinha com a mãe das crianças e fica horas batendo papo com ela na cozinha enquanto as duas fazem comida. O pai vai embora com ela nos fins de semana; passa a noite na casa dessa mulher. De vez em quando, leva as crianças consigo para vê-la. A mulher mora numa casa cinza à beira do rio, uma casa que é muito maior do que a casa das crianças. A mulher tem seis siameses. Tem piano, e muitos discos, e montes de argila para as crianças brincarem, mas elas não querem. Vão para fora e ficam paradas, em pé junto ao criadouro de rãs, de cimento, perto da estrada. As algas o cobrem como se fossem um cobertor verde e peludo. As crianças olham fixamente para baixo, tentando ver as rãs. Atiram na água pedras, balas, moedinhas ou o que mais acham por ali.

Nas manhãs cinzentas de primavera, há um homem que está ou entrando no quarto da mãe, ou saindo de lá. Ele deixa a porta aberta. Vocês os ouviram? Eu ouvi. Vocês os viram? Vi. Mas não falam sobre isso. Já não conversam entre si a respeito das coisas. Mas respondem às perguntas do pai quando ele as faz.

E, de novo, assentem com a cabeça. Depois o pai vai embora para valer, e então volta para visitar as crianças ou levá-las a passeios de carro, e lhes fala das mulheres com quem tem andado, de como fazem amor, do que ele prefere ou não gosta, com gestos e movimentos dos braços, do pescoço ou das pernas descritos dos modos mais detalhados. E o que vocês acham? E o que vocês sugerem quando uma mulher fica em pé na ponta da cama com um cigarro entre os seios e a gente perde toda a esperança de repente? E ele fala também sobre a mãe dos filhos, sobre a maneira que ela faz amor. Gosta muito mais de falar com os filhos do que com qualquer outra pessoa. Essas crianças são um espanto! Topam qualquer parada, sensibilizam-se cautelosamente com qualquer pesar. E a cabeça delas, então?! É abertíssima, arejadíssima, com mentes que fluem sem cessar, como uma correnteza irrepresada. E as crianças também assentem quando um dos namorados da mãe vem vê-las – a mãe não está lá. Com frequência estão desolados, às vezes bêbados, e querem falar sobre ela. As crianças ficam em pé com eles debaixo das árvores. Não enxergam com aquele sol nos olhos, mas olham para cima mesmo assim e assentem, e sorriem educadamente, e assentem.

As crianças brincam na neve com os namorados da mãe. Vão à escola. Têm certeza de que nunca aprenderão a ler. Olham para as letras sem entender nada. Desanimam por completo. Preocupam-se com o fato de não saberem o pai-nosso. Percebem que não conhecem Deus nem sabem nada sobre Ele, de modo que fazem perguntas acanhadas às outras crianças no pátio e recebem respostas que as deixam desconcertadas, e aí Deus lhes ocupa a cabeça como um convidado que se mudou para lá, mas que se mantém reservado, distante, e que à noite as angustia quando estão sozinhas. Creem ouvir pela casa os movimentos Dele, Seus passos e o farfalhar de Suas roupas. Passam a temer pelos pais, que parecem não ter aprendido nada sobre as leis de Deus. As crianças acham que deveriam alertá-los, mas não sabem como. Certa noite, convencem-se de que a mãe é ladra. Elas a ouvem andar furtivamente pela casa, erguendo e sacudindo coisas.

Na escola, aprendem a ler e aprendem a escrever. Aprendem caligrafia e aprendem a multiplicar. Surpreendem-se com a quantidade de normas no começo, mas depois as aprendem depressa e as seguem todas, zelosamente. Aprendem a não dizer palavrão. Ganham prêmios por obediência, por seguirem as normas nos mínimos detalhes. Estão encantadas com essas normas – essas riscas arbitrárias que regulam o comportamento e demarcam as coisas proibidas –, e as examinam atentamente, e cansam as professoras com perguntas sobre o funcionamento mecânico e as complexidades ocultas daqueles seres, as normas: na hora da soneca na aula, se você está bem quietinha com os olhos bem fechados e os braços e pernas tão imóveis que mal dá para respirar, mas se você não está dormindo de verdade, porque está bem acordada mesmo com os braços paradinhos e os olhos fechadinhos e não consegue deixar de pensar em como ficar parada, parada, e se mesmo assim você ganha o prêmio da soneca porque foi a criança mais imóvel da sala, isso na verdade está errado, porque você não deveria ganhar o prêmio, né? Porque o prêmio é por ter tirado a soneca, não por ter ficado paradinha – ou será que deveria ser, no caso de o prêmio ser também por ter ficado paradinha...?

Quando as outras crianças no pátio cochicham até ficarem para lá de confusas sobre os próprios corpos, e o sexo, e o jeito que se faz nenê, os quatro ficam quietos e se põem de lado. Têm vergonha do que sabem e do que já viram. Estão certos de que, se derem um pio sobre isso, as outras crianças irão para casa e contarão aos pais, que contarão às professoras, que sentirão horror e asco e os rechaçarão. Mas eles também acham que deveriam ser punidos. Deveriam receber um chacoalhão, apanhar, pelo que já viram. Essas crianças não tocam as próprias partes íntimas. A angústia faz que se tornem hesitantes. Em casa, vagam sozinhas pelo quintal e ficam ali, paradas, sentindo um desnorteamento terrível. Um dia, quando a professora vem visitá-las, já não conseguem falar. Mas tornam a falar alguns dias depois, ainda que venham a ter períodos na vida em que suas vozes ou desaparecerão por completo, ou ficarão muito sumidas e trêmulas, como a de fantasmas ou velhos incapazes de articular direito.

Mas as crianças adoram ler. Descobrem de repente a utilidade de todos aqueles livros na casa e transformam a sala de estar numa biblioteca circulante. Cada livro tem cartão e data de devolução e recebe carimbo quando o tomam emprestado ou devolvem. Jogam cartas e gamão. Vão à casa dos amigos e ficam sabendo como é ver TV e comer porcaria. Mas o que mais fazem mesmo é ler. Leem acerca de tudo, histórias românticas, as biografias de inventores e de índios famosos, as pragas que afetam as plantas híbridas. Tentam ler livros que não conseguem ler de jeito nenhum, e pulam palavras e parágrafos inteiros, e ficam assim sentados durante horas num branco atordoante.

Na escola têm lições de violino, e de piano, e então param um dia quando suas mãos começam a tremer tanto que já não conseguem mantê-las nas teclas. Há algo errado? Não, nada! Põem fantasias e encenam peças. São reis e rainhas. São bruxas. Montam toda uma produção de *O mágico de Oz*. Bancam detetives de carteirinha e saem procurando os gatinhos que acabaram de nascer em algum lugar escuro e escondido nas terras onde moram. Juntam dinheiro para dar ao pai quando ele vem. Passam tardes inteiras à beira do quintal esperando pela chegada dele. Não entendem por que o pai se comporta de jeito tão esquisito agora, por que ele dorme na cama da mãe das crianças quando ela está fora à tarde e por que ele depois se levanta e anda pela casa de um jeito furtivo, como um criminoso, dando risadinhas, especialmente quando a mãe está brava e o manda ir embora. As crianças não sabem por que o pai parece motivo de risada agora, detestado, por que ele precisa do dinheiro delas para dirigir para casa, por que ele parece precisar de algo delas que elas não têm como dar... por que ele parece precisar de tudo... Mas elas tentarão lhe dar... tudo... Não importando quais sejam as necessidades dele, elas tentarão fazer isso o máximo que conseguirem.

O pai vem e espera na casa pela mãe delas. Ele vem e as leva em passeios de carro. Vão nadar em antigos buracos de pedreira que se inundaram e, ali, fazem fila para pular naquela água. Vão procurar cavernas nos morros da Virgínia.[1] Ali tem urso, ele lhes diz, mas, se vocês alguma vez ficarem cara a cara com um, é só xingar até não mais poder que ele vai embora. O pai leva os filhos a

1. Estado quase limítrofe com a Pensilvânia, que é onde se passa a narrativa. (N. T.)

bailes na cidade grande, bailes aonde só vai gente velha: Vocês não sabem dançar foxtrote? Vocês não sabem dançar valsa? Sentam às mesas e mandam vir refrigerante, esperando a vez de serem escolhidas e girarem pelo salão com ele. Ou o olham fazer a ronda das outras mesas, cumprimentando maridos e convidando para dançar as esposas, mulheres muito mais velhas que a mãe delas. Essas mulheres têm cabelo branco ou azul. Elas ou se levantam, rindo, ou dizem não. O pai volta até onde estão as crianças e conta como eram aquelas mulheres – diz que era como tirar para dançar uma água, ou um leite, ou um melaço. Ele leva as crianças para assistir à luta do campeonato profissional de luta livre. Ele as leva para o norte, para ficarem uma semana fora, meditando dentro de um hotel com um guru de Bombaim. Ele as leva para descerem correndo as escadas rolantes que sobem nas lojas de departamentos e para subirem correndo o monte Totem em noite de tempestade. Fala pelos cotovelos. Leva multa por excesso de velocidade a torto e a direito. Leva as crianças no colo quando está dirigindo e entre as pernas quando estão esquiando. No que ele começa a cair no sono ao volante, quebram a cabeça tentando pensar num jeito de mantê-lo acordado. Esfregam-lhe os ombros e puxam-lhe o cabelo. Entoam cantigas de roda. Fazem perguntas para tentar levá-lo a falar. Fazem entrevistas no banco de trás, dizendo coisas que sabem que ele vai achar engraçadas. E, quando se esgotam os esforços das crianças, ele lhes diz que o único jeito de mantê-lo acordado é insultá-lo da maneira mais cruel que conseguirem. Diz que a mãe das crianças é a única pessoa que sabe fazer isso realmente direito. Explica que as crianças precisam dizer coisas ruins a respeito da mãe, sobre os namorados e amantes dela e sobre o que eles fazem, ou sobre quanto ela o odeia, quanto ela o acha estúpido, babaca, fracassado, quanto ela não o quer por perto. E as crianças atendem. Elas se obrigam a inventar ofensas ou dizer coisas que são terríveis mas verdadeiras. E, ao falarem, sentem a boca secar, e o estômago começar a embrulhar, como se engolissem uma pedra a cada palavra. Mas o pai parece encantado. Ri e as atiça, voltando-se no banco do motorista para encará-las, agora deixando totalmente de olhar para o caminho.

Quer que elas conheçam todo o mundo que ele conhece. Os filhos aparecem com ele à porta das pessoas no meio do dia ou tarde da noite. O pai mal se contém. Estes são os meus moleques!, diz. São mais inteligentes do que qualquer pessoa que eu conheça – e dez vezes mais inteligentes do que eu! Você faz alguma ideia de como é quando os filhos saem mais inteligentes do que a gente? Ele os ensina a jogar *bridge* e esquiar de costas. Quando a gente janta com ele, tem que comer de olho fechado. Quando atravessa o semáforo, tem que ficar segurando o saco. Mas e as meninas? Ah, é – as meninas... bem, que improvisem! Ele está com flatulência, não come mais trigo. Adotou uma dieta nova que vai lhe limpar sem dó os intestinos. Existem fracassados e babacas pelo mundo todo. Será que eles sabem daquilo? Será que sabem? Mas ele próprio é provavelmente o maior babaca do mundo. E, ainda assim, as mulheres o acham bonito – acham mesmo! Verdade! E o acham engraçado. Mas engraçado ele é de fato. Não espirituoso, mas engraçado. Os filhos não se dão conta disso porque o veem o tempo todo, já estão acostumados, mas as outras pessoas... Aquela garçonete, por exemplo! Os filhos viram aquela garçonete? Ela ria tanto que já nem conseguia enxergar direito! Os filhos sabem o que é preciso para ser garçonete? Ser peituda. Só que ele não é muito de peitudas. Vejam a mamãe – ele chama de mamãe a mãe das crianças –, ela é uma tábua! E não dá pra entender o gosto dela pra homem, vocês não acham? Não dá mesmo! Se a gente ficar muito tempo tentando entender aquilo, vai acabar maluco! Por que é que vocês acham que ela escolhe esses caras? Por quê, hein? E por que é que mulher é quase sempre mais inteligente que homem? E mais séria, mais composta? Esperar seriedade e compostura em homem é caso perdido, totalmente perdido! Aliás, por que é que as pessoas têm filho? É, por quê?! Porque elas gostam? Porque elas riem de vocês? De jeito nenhum! É porque filho é divertido! Isso mesmo! Filho é divertido!

Ao redor da casa há moitas de roseira-brava com bagas e espinhos. Há macieiras nodosas de casca cinzenta e enrugada. As janelas estão todas abertas – as vespas vão entrando. As roupas no varal saltam como crianças que não têm cabeça mas têm braços e pernas histéricos. Quem vai afogar os gatinhos recém-paridos? Quem vai derrubar as árvores com motosserra, cortar lenha no inverno, carregar lenha para dentro? Quem vai se livrar desses bichos todos, ou cuidar deles, ou vendê-los, ou matá-los um a um? Quem vai dizer a ela de noitinha que nada daquilo tem importância, que amanhã será diferente, que afinal o coração também se cansa? E onde é que estão as crianças? Quando é que elas vão voltar para casa? Ela acaba de queimar todos os seus próprios diários. Acaba de dizer ao homem do estábulo que ele precisa ir embora. Quem vai tornar a lembrá-la de que o coração comete seus equívocos? E o coração muitas vezes perde o rumo e vai ser encontrado horas depois, zanzando pelos caminhos, com machucados inexplicados na pele. Um dia, faz anos, um menino ficou de pé no telhado, agitando os braços, mas tendo um pé virado para dentro, debilmente. Quando é que vai escurecer? Quando é que vai ser noite alta? As pererecas estão começando a coaxar. Ela já viu como os dedos das pererecas se grudam à casca de árvore. Algumas são malhadas, e o coração delas bate feito louco contra a pele da garganta. Pode ser que venha tempestade por aí. Pode ser que chova. Aquela nuvem ali está carregada – não, não, é um pedacinho de papel queimado, fino demais. Nas matas lá em cima há uma casa que queimou todinha, mas aí um bosque de lilases brotou do chão encarvoado. Está vindo ventania. Agora há nuvens escuras, roxas. O sumagre, de frutos cônicos e vermelhos, paira ao longo da entrada de carros. Crus, os frutos são venenosos. Mas são bons para fazer tisana. As folhas das macieiras estão todas ficando azuis. Os girassóis do jardim estão tremendo, de cabeça baixa – agora livres das sementes. E o coração se rega e se recobra. Há esperança, em toda parte há esperança. Vem luz de trás. Entre os galhos secos e retorcidos, é impossível enxergar. São as primeiras gotas de chuva, poucas ainda. São os carvalhos tremendo. É uma luz bruxuleante, cinzenta, vívida, o lado de baixo de uma folha de árvore. Uma vez, à beira do quintal, havia uma criança em pé, terrivelmente perdida. Ela sabia disso? Sabia, sim. As crianças! (Dele, os filhos têm os braços, as orelhas, a voz, o cheiro. Dela, os traços suaves, o jeito de mexer as mãos e balançar a cabeça, os modos tesos. Dele, o desnorteamento, o humor. Dela, a ambição. Dele, a ousadia, as pálpebras. Dos dois, o fracasso, a esperança, a pele sardenta...)

OS FORA DA LEI

Na temporada de caça, sempre entravam em nossas terras, muito embora nossa mãe colocasse avisos de PROIBIDO CAÇAR. De dia, ouvíamos disparos. Nossa mãe mandou que não zanzássemos muito lá fora ou que, se o fizéssemos, então usássemos roupa laranja ou vermelha. De noite, ao longo da estrada de terra em geral silenciosa, vinha o ruído de caminhonetes arrancando e as vozes de bêbado. Em outras épocas do ano, havia às vezes uma miscelânea de gente no mato, bebendo cerveja junto aos carros ou então se enfiando na lagoa para nadar. Dava sempre para dizer quando alguém tinha estado ali, ou pelas marcas na areia, ou pelas coisas – uma camiseta, uma lata de cerveja – que largavam lá.

Foi no outono depois que nosso pai partiu que atiraram nos cachorros. Algumas vezes, os cachorros tinham voltado machucados para casa – o vizinho atirara para assustar um deles por correr atrás das ovelhas, ou haviam brigado com aquela matilha de cães que tinham voltado ao estado selvagem. Em certas noites, os cachorros nem sequer voltavam para casa. Mas, daquela vez, ficaram sumidos durante dias.

Bobby, o namorado da nossa mãe, os achou lá nas lavouras, mortos a tiros. Os três – Henry Gray, Jenny e a cadela que tínhamos recolhido. Bobby os amontoou na traseira da picape e os trouxe para casa, onde pôs as carcaças na grama. Tuck e eu estávamos vindo do riacho – tínhamos ido ver se estava congelado –, de modo que fomos os primeiros a dar com os cachorros. A boca de Henry Gray estava aberta, e dava para ver todos os dentes dele. O pelo de Jenny, mais amarelo, estava salpicado de sangue. Polly, a recolhida, uma mestiça de labrador preto que tinha um dos olhos azul, fora baleada no peito. Bobby estava ajoelhado, acariciando a cabeça de Polly. Ele próprio havia tido um labrador preto, que tinha morrido não muito tempo antes.

Tuck, cinco anos de idade, arregalou os olhos para os cachorros. Parecia perplexo. Suas bochechas, cheinhas, queimavam. Nossa mãe vinha vindo da pilha de lenha. Quando viu os cachorros, ela parou e então continuou a andar, com o rosto ficando cada vez mais sombrio à medida que se aproximava. Clyde a seguia. Ele estava com a roupa de caubói, de chapéu e esporas, e carregava um revolverzinho de metal. Era o mais novo de nós, com três anos, e já era bem tagarela.

"O que foi que aconteceu com eles?!", perguntou ele tão logo chegou, cutucando a perna de Jenny com o revólver.

Lu se aproximou, meio que vagando. Toda agasalhada, vinha de fazer movimentos de balé junto à horta de ervas. Aos nove anos, era a mais velha de nós. Tínhamos nascido todos a intervalos de dois anos, primeiro Lu, depois eu, depois Tuck, depois Clyde. Eu, com sete anos, era atarracada e forte. Lu tinha uma verruguinha na bochecha e estava sempre com a cabeça inclinada para o lado. Por um momento, ela olhou fixamente para os cachorros. Depois, com um soluço suave mas alto, virou-se de modo abrupto e foi correndo para casa. Seus braços e pernas eram frouxos e flexíveis. Quando corria, dava para ver as solas dos seus calçados.

Nossa mãe se ajoelhou na grama ao lado de Bobby. Tinha lábios cheios e cabeleira escura e esvoaçante. "Onde foi que você as achou?", perguntou.

"Lá na lavoura de soja", respondeu Bob, "logo acima da lagoa dos castores." Ele tinha ido lá para cortar árvore para lenha.

Ainda era esquisito tê-lo por perto. Durante anos, fora uma presença nos protestos e nas festas, em pé junto à banda, gingando com os pés. Gostava de dançar, de nadar pelado. Depois que nosso pai foi embora, Bobby começou a aparecer. Sete anos mais novo que nossa mãe, era carreteiro e tinha um caminhão Mack. Ele e nossa mãe foram viajar juntos, para o Novo México, e nos trouxeram anéis em forma de garra. Depois, numa noite de fevereiro, no meio de uma tempestade de gelo, Bobby apareceu lá em casa montado em Jack, seu cavalo marrom. As estradas estavam congeladas, escorregadias demais para que se pudesse vir de carro. Quando chegou, Bobby acabava de quebrar a perna: no caminho, Jack havia escorregado e caído em cima dela. Mas Bobby continuara em frente porque já não tinha outro lugar para ir. A casa dele acabara de ser destruída pelo fogo.

Depois disso, ele veio morar conosco – "por um tempinho", disse nossa mãe. Eu não gostava do jeito que ele se comportava, como se tivesse vindo para ficar. Mas Lu não parecia ligar. Bobby punha o som bem alto, tocando Waylon Jennings, música *country* estilo Outlaw, e tentava nos fazer dançar. Eu não queria, mas Lu sim, e nossa mãe também, com Bobby balançando os quadris e nossa mãe acompanhando, fora de compasso.

Só que agora ele estava muito bravo. Bateu com força a porta da carroceria da picape. "Eu vou achar o filho da puta que fez isso", disse. Ficamos olhando enquanto ele partia e sumia de vista na picape. Clyde estava de pé, com as pernas afastadas, girando rapidamente o revólver no dedo.

Quando Bobby voltou, já estava escuro. Ele enterrou os cachorros no pasto e depois subiu para a casa. Do quarto, eu o ouvi conversar com nossa mãe lá embaixo.

"Já descobri quem atirou – foi o Martin McClure. Me disseram que ele ficou se gabando disso pela cidade. Amanhã vamos lá; pegue a criançada depois da escola."

"Mas você acha mesmo que a gente deve levá-las?", perguntou nossa mãe.

"Ele tem que ver as crianças", respondeu Bobby.

—

Nossa escola era uma construção térrea de tijolinho, com uma bandeira na frente e um parquinho atrás. Nos corredores, a luz era amarelenta. Das salas, dava para ver os carros no estacionamento ou um trecho de relva ondulante.

Todas as professoras eram velhas e usavam vestido florido tradicional e diferentes gradações de perfume. A exceção era a diretora, a srta. Vaught, que usava saia longa, salto alto e meia-calça, como se fosse alguma dançarina de *saloon*. De manhã, recitávamos o juramento à bandeira e depois o pai-nosso. Havia uma biblioteca, com fichas catalográficas e estantes baixas cobertas de biografias de heróis americanos – Benjamin Franklin, Davy Crockett, Touro Sentado. O refeitório tinha mesas com tampo de linóleo e bancos compridos. As refeições quentes vinham em bandejão, com uma partição para cada comida. As mulheres que trabalhavam no refeitório usavam redinha no cabelo.

No recreio, saíamos e jogávamos queimada ou *kickball* no asfalto ou na relva mais abaixo. As meninas de vestido bonito nem sempre vinham brincar. Em vez disso, ficavam encostadas à parede de tijolinho, conversando. Christina, a irmã de Martin McClure, era uma delas. Tinha pernas compridas e esguias e cabelo liso e preto-azulado. Uma vez, eu tinha ido a uma festa de aniversário na casa dela. Martin, o irmão, que era muito mais velho do que nós e tinha o mesmo cabelo preto lustroso, também estava na festa. A mãe tinha um salão de beleza que funcionava dentro de casa. A cadeira de cabeleireiro ficava na sala, e havia todo tipo de frasco e *spray* de laquê espalhado pelo lugar. No dia seguinte àquele em que atiraram nos nossos cachorros, eu fiquei olhando para Christina com apreensão. Tentava imaginar o que ela estava sabendo, se é que sabia de alguma coisa. Eu, da minha parte, sabia que íamos à casa dela depois da aula.

Na escola, não estávamos à vontade e ficávamos de cabeça baixa. Quase todos os outros iam à igreja, exceto talvez os Ballard, que estavam sempre de roupa encardida e cujo pai fazia bebida ilegal. Havia também a família dos amish que moravam no caminho do ônibus escolar. Esses viviam de um jeito só deles e nem sequer iam à escola. Mas parecia que todos os outros tinham TV em casa, e armas, e saíam para caçar no outono, e os pais deles se arrumavam todos para as reuniões na escola.

Na minha classe, só havia uma menina cujos pais eram como os nossos. E os pais dela eram amigos dos nossos. Assim como nós, essa garota tinha um balanço na sala. O pai e a mãe eram ambos artistas, pintores, e estavam em todas as festas. A mãe aparecia de blusa transparente na escola.

Ali, tínhamos com essa menina uma amizade muito ressabiada. Conhecíamos segredos uns dos outros. Acima de tudo, queríamos nos encaixar.

—

Depois da aula, Bobby veio com a picape e nos levou à casa dos McClure.

A casa dos McClure tinha uma varanda assentada em estacas. Havia uma porção de carros velhos no quintal, alguns erguidos com macaco, tendo alguém trabalhando neles. Depois, em volta, havia estruturas menores, barracões, um todo meio aberto com um cortador de grama debaixo dele. Atrás de uma cerca, um cavalo, parecendo bem sujo, inclinava a cabeça para lamber um bloco de sal.

No que embicamos na entrada entre outros carros – havia um bocado de carros ali –, o próprio Martin McClure surgiu de dentro da casa. Era muito boa-pinta, do jeito que eu me lembrava, e agora estava vestido para sair. Usava sapatos de amarrar com salto plataforma, calças de poliéster cor de canela, blusa de *plush* com gola V. Nós, as crianças, muito agasalhadas, estávamos sentadas na traseira da picape. Nossa mãe e Bobby desceram da cabine.

"Você é o Martin?", perguntou Bobby.

"Sou", respondeu Martin, já erguendo o queixo. Eu torcia para que Christina não estivesse olhando. E aí vi o rosto dela na janela da casa.

"Você matou aqueles cachorros, não matou?", disse Bobby.

Martin olhou de relance para o lado. "Que cachorros?"

"Os cachorros dessas crianças. Você os matou."

Martin olhou para nós, com o queixo ainda levantado, e depois desviou o olhar.

Bobby se aproximou de Martin. "A gente tá sabendo que você andou se gabando disso pela cidade."

Martin olhou desafiadoramente para Bobby. De salto plataforma, ficava com muito mais altura. Bobby era compacto, rechonchudo. Agora ele avançava para cima de Martin, cutucando o peito do outro com o dedo.

"Que porra deu em você para sair atirando em cachorro?"

"Ei", murmurou nossa mãe, parecendo tesa, nada à vontade.

O cavalo ergueu preguiçosamente a vista e ficou lá, observando. Eu não conseguia olhar para o rosto de Christina na janela. Em vez disso, mantive os olhos em Martin. As faces dele estavam vermelhas.

"Tira a mão de mim", disse ele, apreensivo, empurrando o dedo de Bobby para longe.

Tuck se agarrou à manga de Lu. Clyde se levantou como se quisesse participar.

Bobby, o dedo em riste, tornou a se aproximar de Martin. "Eu quero que peça desculpas", disse Bobby. "Eu quero que você olhe bem na cara dessas crianças e peça desculpas por ter atirado nos cachorros delas."

Martin se virou e entrou de fininho na casa.

"Aonde é que ele tá indo?", perguntou Clyde, dando pulos, todo agitado.

"Volta aqui", disse Bobby. "Ei, você! Volta aqui, babaca!"

Vi o rosto de Christina sumir.

"Está tudo bem, não há problema", disse nossa mãe.

"Você tá maluca?", disse Bobby, olhando para ela. "Não tá tudo bem porra nenhuma."

Nisto, de repente, Martin voltou a sair de casa, dessa vez andando rápido. Seguiu para uma das caminhonetes na entrada, uma picape de suspensão bastante levantada.

"Sai da minha frente, cara", disse ele quando Bobby veio novamente na sua direção.

O rosto de Christina reapareceu na janela.

"Só me diga uma coisa – você atirou naqueles cachorros?"

"Olha, cara, eles estavam perseguindo cervo. E, quando cachorro corre atrás de cervo, a lei diz que a gente tem o direito de atirar."

Bobby deu um murro em Martin. Errou, mas aí deu outro e acertou. Clyde tornou a pular, imitando o soco. Martin, ao receber o golpe, cambaleou para trás. Agora estava caído no chão, apoiando-se nos braços. Levou a mão à boca.

Bobby estava em pé acima dele. "A lei diz que a gente tem direito de atirar quando cachorro tá perseguindo animal de criação. Você sabe o que é animal de criação? É vaca, é ovelha, é esse cavalo que vocês têm aí. Não é animal selvagem."

Martin riu um pouco, baixinho. Agora que a coisa já tinha acontecido – agora que ele tinha apanhado –, Martin parecia menos apavorado. "Qual é o teu problema, cara?", disse lá do chão. "Eu pensei que com vocês era tudo paz e amor."

A mãe de Christina apareceu à porta. "Martin", ela chamou.

"Tá tudo bem, mãe", ele respondeu.

Martin se levantou devagar, cautelosamente, com os olhos em Bobby o tempo todo, como se Bobby fosse um animal enlouquecido.

"Paz, e amor, e droga", disse Martin, com a mão ainda no queixo. "Taí um troço que a lei não aprova, não."

Mas parecia claro que Bobby já não estava a fim de brigar. "Se eu fosse a senhora, ficaria de olho nesse seu filho", disse ele à mãe de Martin, e então se voltou e entrou na picape.

Fomos para casa. Ao longe, havia morros redondos com fragmentos da colheita – espigas de milho, cotos de trigo cortado. As árvores traçavam contra o céu umas retas longas e finas como teia de aranha.

—

Ouviram-se disparos no começo daquela noite, primeiro abafados, depois muito perto. Eram mais caçadores nas nossas terras. Estávamos na cozinha, jantando, com as velas do candelabro de roda acima das nossas cabeças e o breu da escuridão lá fora. Por um instante, pareceu que estávamos entrincheirados, emboscados. Logo depois do jantar, quando houve disparos mais próximos, Bobby se levantou e, num só movimento, agarrou o casaco e saiu.

"Tome cuidado", disse nossa mãe enquanto ele se afastava.

Ouvimos a picape arrancar.

Um pouquinho depois, quando Bobby voltou, o humor dele era outro. Seus olhos brilhavam. "Não consegui achar esses caras", explicou, "mas tenho um plano."

Nós, crianças, já estávamos com a roupa de dormir. "A criançada precisa se vestir", continuou. "Vamos todos dar uma saída."

"Vamos, é?!", perguntou Lu.

Subimos a escada na maior disposição, com Tuck e eu apostando corrida. No quarto que todos dividíamos, tiramos os pijamas.

"O que é que a gente tá fazendo?!", perguntou Clyde. Ainda sem camisa, ele tornou a colocar o coldre por cima das calças.

"Isso a gente vai ver", disse Lu, falando de um jeito que lembrava nossa mãe e ajudando Clyde a prender o coldre.

Estava muito escuro do lado de fora, e o ar estava coberto de gelo. Nossa mãe, segurando lanternas a pilha, esperava junto à horta de ervas. Deu uma lanterna para Lu, outra para mim, e ficou com a restante. Lá em cima, Bobby já tinha acendido os faróis do trator. Fomos em direção a eles.

Bobby tinha acoplado o espalhador de adubo ao trator. Subimos no espalhador. Bobby pôs junto de nós a motosserra e um rolo de corda e depois saltou para o volante. Nossa mãe estava em pé ao lado de Bobby, no estribinho do trator. Nossos olhos ainda estavam se acostumando ao escuro, porque, mesmo sem as lanternas, as coisas agora pareciam não negras, mas indistintamente cinzentas. Nossa mãe olhou para trás, para nós.

"Todo o mundo se segure", disse ela.

Bobby deu partida. O trator saiu da entrada para a esquerda. Naquela direção, a estrada atravessava as matas, passando pela bifurcação e seguindo em frente, até campo aberto, onde cortava as lavouras dos vizinhos e terminava na encruzilhada do ponto do ônibus escolar. Era estrada de terra, estreita, com sulcos profundos, fazendo que o percurso fosse cheio de solavancos. Enquanto avançávamos, Tuck, que adorava ferramentas, mantinha uma das mãos na motosserra. Lu segurava-se à beira do espalhador de adubo, agarrando Clyde com a outra mão. O caminho ficou mais escuro quando fomos pelas árvores. Passamos pelo paiol de milho, que estava desabado. Perto do final da mata, Bobby parou o trator.

"Muito bem", disse ele, virando-se para trás, "todo o mundo descendo."

Nossa mãe veio e nos ajudou a descer, um por um. Bobby pegou a motosserra e a corda.

"Vocês, crianças, se afastem", disse ele, fazendo sinal com a mão. "Mais pra trás. Não, mais."

Recuamos pela estrada, com Lu e eu usando as lanternas para iluminar o que estava à nossa frente. Nossa mãe foi ficar com Bobby, que, de motosserra na mão, estava olhando as árvores à beira da estrada. Eram negras e nuas, totalmente desfolhadas.

"O que é que eles estão fazendo?!", quis saber Clyde, dando tantos pulinhos que o revólver caiu do coldre.

"Vão cortar uma árvore", sussurrou Tuck.

"Pra quê?", perguntou Clyde.

"Psiu!", disse Lu, sussurrando também. Achávamos que por alguma razão precisávamos fazer silêncio, como se aquilo fosse uma missão secreta.

Bobby enganchou uma ponta da corda nos galhos superiores de uma árvore. Nós acompanhávamos com as lanternas o que ele fazia. Bobby amarrou a outra ponta no trator.

Houve um débil disparo de arma ao longe. Depois, atrás de nós na mata, bem perto, ouvimos um estalo, galhos que se partiam, alguma coisa quicando. Lu e eu giramos rapidamente as lanternas em volta. Olhamos com muita atenção para as árvores, mas, o que quer que tivesse sido, algum tipo de animal talvez, já havia sumido.

O ronco da motosserra nos sobressaltou e fez que nos voltássemos. Tornamos a apontar as lanternas para Bobby. Nossa mãe também tinha mirado a lanterna em Bobby, não no rosto, mas nas mãos, que seguravam a serra. Bobby usava óculos de proteção, mais luvas de couro escuro. Inclinado, estava marcando com a serra o lado de uma árvore que dava para a estrada.

Mais adiante na estrada, acendeu-se a luz num vizinho. Ela iluminou o campo lá longe. Bobby parou, com o ruído da serra suspendendo-se momentaneamente, e depois voltou a cortar. Agora estava fazendo um corte maior e mais fundo do outro lado da árvore. A luz do vizinho continuou acesa por algum tempo e então se apagou, voltando a mergulhar o campo na escuridão.

"Eu preciso fazer xixi", disse Clyde.

"Faz ali", disse Lu. Ela apontou a lanterna para a beira da estrada. "Lá, ó. Deixa que eu ilumino pra você."

Clyde andou para a beira da estrada. Tuck foi com ele e começou a urinar também. Como sempre quando eles faziam isso, também senti vontade. Eu me agachei atrás deles na estrada.

A motosserra parou. Fez-se um silêncio e, depois, um rangido.

"Acho que a árvore tá caindo", disse Lu entre dentes. Fechamos depressa o zíper das calças e fomos olhar. O lugar onde nossa mãe e Bobby haviam ficado estava vazio. Então, de repente, alguma coisa caiu na escuridão, tombando. Tentamos acompanhar enquanto aquilo desabava e pousava com um baque surdo, uma explosão de galhos que estalou e se estilhaçou, e depois quicou e se assentou, cortando direitinho a estrada.

"Estão vendo?", disse nossa mãe, saindo do mato, vindo em nossa direção e falando com voz nada tipicamente animada. "Agora os caçadores não vão mais conseguir entrar nas nossas terras."

"Ruim não ficou, né?", disse Bobby, vindo atrás da nossa mãe.

Clyde correu para a árvore caída. Subiu em cima dela e sentou a cavaleiro. Tuck pediu minha lanterna e deu a volta para ver o corte. Bobby foi com ele.

"Estão vendo?", disse Bobby. "É preciso cortar desse jeito – na diagonal, não na horizontal retinha."

Tuck olhava fixamente, saciado.

"Muito bem", disse Bobby, "vamos pra próxima."

"A gente vai cortar mais?", perguntou Lu.

"Pode ter certeza", respondeu Bobby, pegando Clyde do chão e, com um movimento largo, colocando-o de volta lá em cima do espalhador de adubo. "Vamos fechar todos os caminhos."

Iluminamos com as lanternas a estrada a nossas costas enquanto Bobby dava marcha a ré por onde tínhamos vindo. Quando nos aproximávamos da bifurcação, vimos faróis que também se achegavam, um carro que saía da nossa propriedade.

"Olha! Um carro!", alertou Lu, com a voz parecendo alta e apressada.

Pela luz das lanternas, podíamos ver que era um carro pequeno e baixo, tendo no mínimo quatro caras dentro. Estavam armados. Eles olharam para nós, esforçando-se para nos ver bem.

"São caçadores", sussurrou Tuck.

Não havia espaço para que um veículo ultrapassasse o outro. O carro também deu ré, junto conosco. Na bifurcação, Bobby virou, parando junto ao paiol de milho para que o carro pudesse passar. O motorista puxou o afogador e disparou para a frente, indo direto para a árvore caída.

Mas Bobby, em vez de continuar descendo o morro, desligou o trator, e ficamos onde estávamos.

"O que é que a gente tá fazendo?!", perguntou Clyde.

"Se escondendo", respondeu Tuck, agachando-se de leve, muito embora estivesse escuro.

Nossa mãe falou conosco lá da frente. "Quietinhos aí, pessoal."

Ficamos de ouvidos atentos. O carro tinha parado. Ouvimos o bater de portas e os palavrões. Bobby deu um riso abafado. Depois o carro deu ré, da mesma maneira que nós. Nós o vimos aparecer por entre as árvores, com os faróis traseiros acesos. Estava cada vez mais perto. Parecia que o motorista pretendia pegar a outra entrada tal e qual havíamos feito.

"Eles vão trombar na gente", proclamou Lu.

Só então Bobby tornou a ligar o trator. Ouvindo o motor e vendo os faróis, o outro carro parou. Nós, todos nós, ficamos muito quietos. O que eles fariam conosco? Eu os imaginei descendo do carro com as armas na mão.

Não nos mexemos. Ouvimos uma voz – "Mas que merda é essa?" –, e então o carro manobrou no pouco espaço que havia, finalmente arrancando e descendo o morro em velocidade.

"Ufa!", disse Bobby. Dessa vez ele riu para valer, e Tuck e Clyde começaram a dar risadinha feito doidos.

Descemos o morro até o ponto à beira do riacho onde ficava o matacão. Este pairava acima da estrada. No verão, samambaias brotavam daquela pedra enorme, e fios de água lhe escorriam pelos lados. No inverno, pingentes de gelo do tamanho de adagas apareciam às vezes na beirada. O riacho estava congelado, mas ainda ouvíamos o som da água que corria por baixo da superfície.

Nossa mãe e Bobby foram procurar outra árvore à beira da estrada. Tuck e eu examinamos o matacão à procura de pingentes de gelo. Enquanto estávamos olhando, surgiram mais faróis, dessa vez uma picape que voltava da cidade. Ela desacelerou.

"Ei, vocês aí." Reconhecemos a voz. Era nosso vizinho Tom Winter, o dono da fazenda de carneiros.

Nossa mãe e Bobby caminharam até ele.

"Em nome de Deus, o que é que vocês estão aprontando?", perguntou Tom Winter.

"Cortando umas árvores", respondeu Bobby, com a motosserra numa das mãos.

"Estamos bloqueando as estradas", explicou nossa mãe.

"Pra manter os caçadores longe daqui", disse Bobby.

"E quanto tempo isso vai manter algum caçador longe?", perguntou Tom Winter.

"Quem sabe? Um dia ou coisa assim. Vai bagunçar a cabeça deles."

"Vão precisar voltar para casa só para pegar a motosserra", disse nossa mãe, parecendo muito travessa enquanto falava.

Tom Winter balançou a cabeça de um lado para o outro. Não tinha a metade de um dedo, que perdera usando a tesoura de tosquiar. "Eu não sei o que vocês têm na cabeça", disse ele, um tanto brusco, e seguiu em frente.

Bobby o imitou. "'Eu não sei o que vocês têm na cabeça.'" Nossa mãe riu.

Ela e Bobby recuaram para a beira da estrada. Subi no matacão e arranquei quatro pingentes de gelo, passando-os um a um para Tuck, e os distribuímos entre nós quatro.

Bobby começou a cortar a segunda árvore. Ficamos afastados, assistindo e chupando nosso gelinho. A mistura era gozada: tinha gosto de terra com musgo, mas era transparente e gelado.

"A gente vai se encrencar por causa disso tudo", disse-me Lu, baixinho, para que os meninos não ouvissem.

"Se encrencar com quem?", perguntei.

Ela deu de ombros, despreocupada, chupando o gelinho. "Todo o mundo – os motoristas de ônibus, os vizinhos, a escola."

Imaginei como seria no dia seguinte na escola, nós chegando como renegados, ficando de cabeça baixa. Iríamos de carro. Deixaríamos aberta uma das estradas menores, para que pudéssemos sair. Mas já teríamos bagunçado o trajeto do ônibus escolar. O ônibus teria de dar meia-volta. Chegaria atrasado à escola, muito depois de nós, sem todas as crianças. Será que a professora descobriria? Será que ela já estaria sabendo? Algum aluno perguntaria: "Como foi que vocês conseguiram vir?". Daríamos de ombros. Não saberíamos de nada.

Assim, haveria coisas com que se preocupar de manhã. Eu, se entendia o que Lu queria dizer, não estava ligando naquele momento. O ar noturno parecia de vidro, parecia de prata. Depois que a segunda árvore caiu, Bobby tornou a dar partida no trator. Duas árvores mais para derrubar. Subimos no espalhador de adubo. Nossa mãe, em pé no estribo ao lado de Bobby, se voltou e perguntou: "Todo o mundo já subiu aí?". Bobby logo iria embora – nossa mãe lhe pediria que fosse –, mas por ora ela parecia feliz. A bem dizer, era mais que isso. Ela, que raras vezes expressava algum sentimento de maneira clara, parecia feliz de um jeito radiante e até estonteado, para surpresa de todos nós.

EU POSSO TER CARA DE BOBO

Nos fins de semana, nosso pai nos carrega naquele seu carro de cheiro esquisito e nos leva para o mundo lá fora. "Vamos logo, andem, andem", diz, apressado, embora tenhamos ficado esperando por ele durante horas. Usa camisas largas, sem colarinho, com a frente bordada. Calças vermelho-vivas. Ele agora mora na cidade grande. Quase nunca vamos à casa dele. Ela não é grande coisa, fica numa ruinha de um bairro não muito bom, e não há nada para fazer lá. Nosso pai sempre nos leva, isto sim, para uma aventura. Com todas as janelas do carro abertas, o cabelo esvoaçando, arrancamos da saída de casa. Levantamos poeira nas estradas de terra. Os campos diminuem, sumindo. Nunca temos certeza do que estamos fazendo, para onde estamos indo. Só sabemos que, fazenda a fazenda, de um jeito rápido e afoito, vamos deixando para trás tudo o que conhecemos.

Viramos no campo de golfe. "Golfe", diz nosso pai. "Quem é que, estando bem da cabeça, seria tão besta de querer jogar golfe?" Passamos pela casa do nosso vizinho Ed Trout, com aquele jardim perfeito. Cada folha e cada flor está no devido lugar, reluzindo. "Vocês sabem o que vai acontecer com Ed Trout?", pergunta nosso pai.

"O quê?", berra Clyde, agora com quatro anos.

"Pelo amor de Deus, Clyde! Cala a boca!" Lu, que está com dez anos, tapa o ouvido. Clyde estava gritando direto nele.

"Ele vai morrer e ir pro Céu, e Deus vai estar lá no portão, e vai perguntar pra ele: 'O que foi que você fez na vida?'. E Ed Trout vai responder: 'Deus, eu cuidei daquele jardim perfeitinho. Ele era perfeitinho todo santo dia'. E Deus vai balançar a cabeça de um lado pro outro e dizer: 'Lamento, Ed, mas só isso não basta'. 'Mas eu o reguei todo santo dia.' 'Lamento, Ed.'"

Nessa altura, já estamos dando voltas pelos morros, para cima e para baixo, perto de entrar na cidadezinha. A funerária fica na construção mais imponente. Há o Clube dos Veteranos de Guerra, o correio, a escola primária. Paramos no posto. Adoramos o cheiro de gasolina. Tão logo entramos no posto, começamos todos a fungar, apreciando o cheiro. Uns de nós já precisam fazer xixi. Saímos rápida e desordenadamente do carro. Um homem magrinho e grisalho está abastecendo nosso carro.

"Quem quer sanduíche gelado?", pergunta nosso pai, falando daqueles biscoitos compridos com recheio de sorvete.

"Eu!"

Nosso pai entra na loja do posto e pega os sorvetes, um para cada um de nós e dois para ele mesmo. Quando saímos do banheiro e nosso pai já saiu da loja, ficamos no carro, abrindo o sorvete e esperando o tanque encher.

"Sabem de uma coisa?", diz nosso pai, devorando em duas mordidas o primeiro dos sorvetes. "É gozado, mas velho adora quando a gente os chama de vovô."

"É mesmo?", pergunta Lu. Ela lambe delicadamente o sorvete, franzindo o nariz.

"É, sim. Eles adoram mesmo!"

O frentista vem até a janela do nosso pai, e nosso pai lhe entrega algum dinheiro.

"Você quer dizer velho como esse cara aí?", pergunta Clyde.

"Bom, dele eu não sei. Ele não é assim tão velho..."

Clyde se inclina com todo o tronco para fora da janela, o sorvete lhe escorrendo pela mão, e berra: "E aí, vovô?!".

O homem, que está se afastando, vira-se e agita o punho cerrado em nossa direção.

Nosso pai já deu partida no carro e agora sai a toda. "Pelo amor de Deus, Clyde! Desse jeito não!" Mas nosso pai já está encurvado, rindo. Num instante, estamos todos rindo encurvados, do mesmo jeito que ele, dando olhadelas para trás, para o homem do posto, enquanto caímos fora dali.

Nosso pai é de se entusiasmar com alguma coisa e ir fundo. Todo fim de semana, durante meses, vamos explorar cavernas. Depois, ele troca de entusiasmo. Vamos ver competições de *trekker trek*, ou esquiar, ou meditar em *ashrams*. Às vezes ele nos leva a lugares aonde demoramos horas para chegar, como o topo de alguma montanha, e aí já quer ir embora quase de imediato. "Vamos logo, andem, andem", repete umas mil vezes, tocando-nos dali com os braços.

De vez em quando, apronta um vexame. Um dia, quando estamos andando por uma rua de Washington, ele aponta para um grupo de *punks* que está fazendo hora perto do parque. Esses garotos usam penteado moicano alto, o cabelo tingido de preto e vermelho, e estão de coleira de espetos no pescoço.

"Sabem o que deixa essa moçada pê da vida?", diz nosso pai. "Eles ficam realmente pês da vida se a gente diz pra eles que estão bonitos. E eu vou lá dizer pra eles que estão bonitos, sim."

"Não, pai! Não vai, não!", pede Lu, batendo o pé.

Mas ele já está a caminho, de cabeça baixa, furtivo, andando ligeiramente de lado. Olha para trás, em nossa direção, e move algumas vezes as sobrancelhas para cima e para baixo.

Estamos em pé na calçada. Lu, desesperada, vira-se para o outro lado. Eu também quero fazer isso, mas não consigo. Sou curiosa demais. O que é que eles vão fazer?

Nosso pai vai se esgueirando até os garotos. A moça de cabelo verde reforça o ar de desdém. O cara com o penteado moicano mais levantado se recosta, olhando nosso pai de alto a baixo. De repente me ocorre que podem partir para cima dele. Seriam capazes de matá-lo? Ele obviamente os está provocando. Será que não estão com canivetes?

Nosso pai se põe na frente deles, sacudindo o dedo, com o pescoço esticado para fora feito uma tartaruga, dizendo quanto eles estão bonitos.

Mas eles, em vez de partirem para cima, parecem confusos. Não estão entendendo. Por que é que ele está fazendo aquilo?

Tendo dito o que queria, nosso pai se volta para ir embora. Mesmo então, leva um instante até que os garotos se recobrem. "Seu bosta!", diz o *punk* de moicano mais alto quando nosso pai já está a metros de lá. "Babaca!", berra a moça.

Nosso pai olha por sobre o ombro, assente e sorri para eles, como se tivessem todos acabado de partilhar um segredinho, e, outra vez furtivamente, volta até nós.

Estamos todos olhando, todos menos Clyde, que está chutando o pneu de um carro ali perto. Chuta com tanta força que o pé quica – o gostoso da coisa está nisso.

Tuck olha, abestalhado, para nosso pai. Eu não sei onde enfiar a cara. Lu está furiosa.

"Por que é que você foi fazer aquilo, pai?", pergunta.

Tanto ela quanto eu queremos cair fora bem depressa.

Às vezes, por causa da gagueira, nosso pai arma uma cena até sem querer. Empaca numa palavra e não consegue pô-la para fora. Fica parado na frente da pessoa com quem está tentando falar, com a boca aberta, os olhos fechados, e isso um tempão. Se sabemos do que ele está falando, conseguimos ajudá-lo. Mas o pior é quando ele está ao telefone. As pessoas do outro lado não conseguem ver o rosto dele e, por isso, não têm ideia do que está acontecendo. Às vezes desligam ou dizem alguma grosseria. Também não conseguimos ajudar nessa situação, de modo que começamos a dar risadinhas, desvairadamente.

"Os meus filhos estão rindo de mim, todos eles", diz nosso pai à pessoa que está na linha. Nessa parte, por alguma razão, ele não gagueja de jeito nenhum.

Pedaços inteiros das nossas vidas se passam no carro. Nosso pai fala superdepressa, explicando coisas, contando-nos coisas, dizendo quanto a cabeça dele "explodiu" com isto ou aquilo. Enquanto fala, é tarefa nossa dizer a ele quando está encolhendo os ombros (é curvando-se assim que ele gagueja): "Pai, você tá se encolhendo", ou quando está franzindo a testa: "Pai, você tá fazendo ruga". Ele se preocupa com ter rugas na testa e com a possibilidade de ficar careca. Está com umas entradinhas na frente. Fica todo agitado com todo tipo de coisa: uma legislação educacional recente que está no Congresso, um projeto de irrigação, os lunáticos e cretinos que estão à nossa volta na estrada. Adora quando gozamos dele.

Fazemos isso. Brincamos. Rimos tanto que nos mijamos. Quando alguém peida, todo o mundo berra e baixa todas as janelas. Nosso pai nos diz que, se a gente solta um peido quando há cachorro por perto, deve sempre agir como se tivesse sido o cachorro.

Atravessamos uma cidade grande a toda, só parando nos semáforos. As casas são todas empilhadas em cima umas das outras, e as construções, cheias de janelinhas. Quem mora neste lugar? O cimento das calçadas está rachado, com grama brotando ali. Vemos duas crianças conversarem na rua ali embaixo. Se acontecer uma inundação, vai varrer tudo isto? Aí o sinal fica verde. Estamos andando outra vez. Passamos por minas de carvão e por depósitos de lixo onde buldôzeres levantam e redepositam montes daquilo.

"Fiquem de olho pra ver se tem polícia", nosso pai nos diz. Os carros dos tiras esperam furtivamente na faixa central de grama. Para ficarem fora de vista, eles em geral estacionam em algum declive. Às vezes param nosso pai por excesso de velocidade. Uma vez ele briga com o guarda. Xinga e bate com força no teto do carro.

"Verei o senhor em juízo", diz o guarda.

"A gente vai a juízo?", pergunto quando nosso pai volta para dentro do carro. Estou achando que aquilo significa que vamos para a cadeia.

Ele diz cobras e lagartos, falando do babaca que é o guarda, e esquece a pergunta que eu fiz. Leva um tempo até que se acalme.

De tanto andar de carro, ficamos nauseados e ranhetas. Batemos uns nos outros – ninguém quer sentar no calombo do meio do banco, alguém acha que o banco de trás é só para si, quem está no banco do passageiro já ficou ali tempo demais. Um de nós berra ou chora. Nosso pai deixa as coisas nesse pé até não dar mais. "Pelo amor de Deus, pessoal, vamos parar com isso!" Aí nos calamos, exaustos, e ficamos horas e horas olhando pelas janelas para o nevoeiro azul de Nova Jersey, os empreendimentos imobiliários de beira de estrada, os milhares e milhares de árvores fugazes.

"Aonde é que a gente tá indo?"

"Falta muito?"

Paradas para abastecer, paradas para fazer xixi. Adoramos parar e sair do carro. Se estamos indo para o norte, o lugar onde mais gostamos de comer é o Skyliner Diner. É uma construção de metal prateado à beira da estrada. Sempre pedimos *cannelloni*. Uma vez, quando entramos no Skyliner, nosso pai fica confuso.

"Pelo amor de Deus", diz ele, olhando em volta, "o que foi que aconteceu aqui? Vocês mudaram o lugar todo!"

Não está dizendo isso a ninguém específico. Clyde, em pé ao lado dele, faz a mesma coisa, imitando nosso pai, com os braços levantados, a expressão atarantada, olhando ao redor. A caixa, uma adolescente de franja rala e aparelhinho dentário, é a única pessoa visível que está trabalhando ali. Ela, com fisionomia inexpressiva, olha fixamente para nosso pai.

Nosso pai tenta de novo, avançando para um pouquinho mais perto dela. "Vocês não mudaram todo este maldito lugar?"

Ela balança de leve a cabeça, negativamente, e depois dá uma olhadela para trás, como se pudesse precisar de ajuda. Para ela, não está claro se nosso pai é maluco ou não. À exceção de Clyde, que se aproximou do caixa junto com ele, estamos todos nos demorando lá atrás.

"Juro por Deus que eles mudaram este lugar todo", diz nosso pai. Ele se volta e olha para nós, com um dos braços abertos, gesticulando enfaticamente. "Não mudaram? Então, não mudaram?!"

A garota do caixa ainda parece inquieta. Junto à sua mão, há uma pequena campainha que ela pode acionar quando há algum problema.

Lu de repente se separa de nós, passando pelo caixa e seguindo pelo corredor entre as mesas, com seu cabelo espesso e brilhante balançando para a frente e para trás. Um instante depois, ela se vira e volta correndo.

"É porque a gente entrou pela outra porta!", explica ela. "Em geral, a gente entra por aquela porta lá!"

"Como é que é?", diz nosso pai, incrédulo. Ou será que está só fingindo? Nunca fica muito claro se ele está fingindo ou falando sério. Nosso pai, com Clyde logo atrás, segue Lu pelo caminho que ela fez.

A caixa os olha enquanto vão para lá.

"Eita!" Ouvimos nosso pai rir. Tuck e eu seguimos os outros através do restaurante. O lugar realmente nos parece mais familiar do outro lado.

"Que coisa!", diz nosso pai, rindo, estapeando a própria coxa. "Não é que ela tem razão?!" Clyde também dá um tapa na perna e solta uma gargalhada ruidosa como a do nosso pai, só que a sua é falsa, uma imitação. "Muito bem, Lu!", diz nosso pai. Ele adora quando faz papel de bobo.

No que terminamos de comer, já está escuro. A estrada fica diferente de noite, com as luzes vermelhas se afastando de nós e as brancas vindo em nossa direção. Alguém precisa ficar acordado para manter nosso pai acordado. Lu e eu nos beliscamos com força no pescoço ou na parte interna da coxa. Às vezes nosso pai dá uma estacionada para dormir. Ele inclina o banco para trás. Se a gente está acordada, tem de ficar lá parada e quietinha. Ou então ele liga o rádio. Isso sempre ajuda, porque música romântica o deixa possesso. *You came and you gave without taking. But I sent you away. Ohhh, Mandy.*

"Pelo amor de Deus, escutem só essa baboseira! É bem o tipo de merda que só um adulto mesmo pra compor."

"Adulto?", dizemos. "E qual é o problema com adulto?"

"Qual é o problema com adulto?! Pois me digam qual não é!" Estamos indo em velocidade pela noite adentro. Todos nos esticamos para ouvir, menos Clyde, que dormiu. Adoramos quando nosso pai fala cobras e lagartos dos adultos. "O verdadeiro problema", explica, "o problema geral, é que adulto pensa que é mais inteligente que criança – quando a verdade é que, quanto mais velho você é, mais burro você fica. O que acontece é que a gente começa a acumular opinião. Não demora, e tem opinião fixa sobre tudo – e, antes que a gente perceba, o cérebro já tá tão entupido de opinião que o desgraçado desaprende a pensar! Agora, se os adultos simplesmente ouvissem a criançada... se eles ouvissem a filharada... podia ser que aprendessem alguma coisa." Eu rio. Tuck, empolgado, agarra-se com as mãos ao próprio colo. E bem posso ver Lu sorrir consigo mesma no escuro.

—

Quando nosso pai traz alguma namorada junto, é diferente. Ela fica com o banco do passageiro. Nós quatro, no banco de trás, vamos espremidos e mais quietos, esperando para ver o que ela vai dizer. Não importando o que seja, a gente sabe que vai ser surpreendente.

Cada nova namorada do nosso pai consegue ser mais esquisita que a anterior. Ginny, a do cabelo de cuia, fica muito nervosa no carro. Vive se agarrando ao painel e ao freio de mão. Onde quer que a gente pare, ela sai do carro e anda até o fim do estacionamento para se acalmar. Marcia põe no toca-fitas uma gravação que recita mantras. Uma vez, quando fomos com ela a uma apresentação de dança contemporânea, Marcia, em vez de acompanhar batendo palmas como todo o mundo, levanta os braços bem alto e revira as mãos em silêncio para lá e para cá. Suzanne é uma miniatura de gente, tão pequeninha que dá a impressão de caber numa caixa.

Apesar de as namoradas do nosso pai serem muito diferentes umas das outras, nenhuma delas se parece minimamente com nossa mãe, o que as transforma num grupo. Sempre que vamos conhecê-las, fica subentendido que nossa mãe é a mulher que nosso pai ainda ama, mesmo ela o tendo mandado embora, e que as namoradas não passam de dublês. Preferimos quando nosso pai vem sozinho, é claro, mas, se aparece uma namorada, ficamos sempre curiosos. É como uma experiência na aula de ciências: a gente põe alguma coisa na placa de Petri, depois dá uma sacudida, coloca água e espera para ver no que dá.

Por exemplo, Ginny reacende nosso entusiasmo quando descobrimos que ela não sabe escrever direito. Percebemos isso uma noite, num quarto de hotel, quando sentamos para jogar Parole. Até Clyde sabe escrever algumas coisas direitinho. Mas, quando Ginny vem com uma lista de palavras escritas com os erros mais infantis, não conseguimos acreditar. No começo, ficamos simplesmente olhando para ela. Não tínhamos percebido que uma coisa assim podia acontecer com um adulto. Depois, sem rirmos, somos impiedosos. Com muita educação, corrigimos cada palavra. E, sempre que possível, temos prazer especial em deixar que Clyde faça isso. Dali em diante, insistimos em jogar Parole em toda e qualquer oportunidade, no jantar, no carro. Mesmo quando Ginny não está a fim, já é prazer suficiente jogarmos na frente dela.

Um dia, nosso pai traz uma mulher chamada Abigail. É a mais estranha de todas. Tem arame na mandíbula por causa de uma operação para aumentar o queixo. Por isso, só consegue falar com a boca fechada e se alimenta apenas de líquidos.

O que será que passa pela cabeça do nosso pai? Com essas namoradas, é como se ele estivesse tentando convencer a si mesmo da inutilidade de ir atrás de qualquer mulher que não seja nossa mãe e, com escolhas assim esquisitas, demonstrasse seguidamente que tem razão. Não que ele mesmo não seja bem esquisito. É, sim – e até procura ser. Dessa maneira, as namoradas são como expressões da própria esquisitice dele, com a qual nosso pai se delicia. Seja como for, as namoradas nunca parecem avançar além daquele papel. Isso até aparecer a Lonnie.

É a semana das férias escolares de primavera, e ele está vindo para nos levar à casa da nossa avó na Nova Inglaterra. É aonde vamos para esquiar no inverno e, quando não está frio, para velejar ou nadar. Pensamos que nosso pai vinha sozinho, mas, quando ele vai chegando, vemos, contrariados, que há uma mulher no carro. De nossos poleiros – no peitoril da varanda, à beira da entrada de carros, lá em cima no balanço –, já estamos prontinhos para atacá-la, ainda que silenciosamente, mas aí nos detemos. É o tipo de mulher que, até hoje, só vimos em revistas ou nas raras ocasiões em que assistimos TV (não temos TV em casa), nunca na vida real. Ela, saindo do carro e sacudindo a cabeleira perfumada, parece alguma ave exótica que acaba de pousar na nossa grama. Usa uma blusa verde-limão transparente que se cola aos seios, mais uma saia amarela que não chega aos joelhos. O cabelo é comprido, cacheado e tingido de um tom bem louro. Os cílios são longos e grossos. Os lábios têm *gloss* brilhante. É um tipo de *glamour* que não tem nada que ver com o estilo hippie da nossa mãe e das amigas dela. De repente, ficamos envergonhados da nossa aparência, com nosso cabelo desgrenhado e nossas calças de veludo grosso. Ficamos envergonhados do nosso quintal, que a chuva deixou um barreiro. Como é que ela vai chegar do carro à varanda naquelas sandálias plataforma?

Ela vem bamboleando, inclina-se para baixo e nos beija. Trouxe presentes. Perfumes para minha irmã e para mim, pincéis de barba para os meninos. "É para quando vocês tiverem a idade certa", explica, com voz brincalhona. Tuck, com os olhos pregados nela, hipnotizado, passa o pincel no queixo, para lá e para cá. "E, até lá, pode usar o pincel pra fazer cócegas nas meninas." Ela ri e pisca para nosso pai.

Parece que só Clyde não está impressionado – ele, sendo um feixe de energia grande demais para prestar atenção a alguma coisa durante muito tempo, bate com um pedaço de pau na parte de trás da perna do nosso pai. O resto de nós, entretanto, está enfeitiçado. Não, ela não é "uma de nós". Não mesmo. Mas será que é melhor, e não pior, do que nós?

Tão logo estamos no carro, ela começa a falar, com aquela voz frívola, desafinada, brincalhona, como a de uma menina. Tuck, sentado no calombo do meio do banco de trás, inclina-se para perto, entre os dois assentos da frente, e fica olhando fixamente para ela, que se volta para lhe dar um beijo. "Esse é o meu homenzinho", diz ela. As bochechas de Tuck já estão vermelhas e brilhantes como sempre; mas, agora, as beiradas das suas orelhas também parecem estar pegando fogo.

Ela se vira para olhar para Lu e para mim. "Eu estava morta de vontade de conhecer vocês", diz. "Sabem que o seu pai fala de vocês o tempo todo? E isso desde que ele e eu nos conhecemos. Você contou pra eles como foi que a gente se conheceu?", pergunta a ele. "O pai de vocês me conquistou numa festa, com aquele jeito dele de dançar. Vocês sabem, ele dança divinamente. E vocês, meninas? Gostam de dançar? Hoje em dia, ninguém mais sabe dançar daquele jeito. Só a aristocracia." Ela dá uma risadinha boba. "Por isso, eu vi de cara que ele só podia ser aristocrata. Um aristocrata disfarçado." Dá outra risadinha. "E eu acertei! Claro que acertei! Eu sempre acerto quando se trata de homem. Bom, seja como for, nós dançamos. Todo o mundo estava dançando um *funk* qualquer, vocês sabem, gingando pra lá e pra cá, e aí puseram uma valsa, e todo o mundo ficou sem jeito de dançar. Todo o mundo menos o pai de vocês. Eu via que ele queria dançar. Eu estava em pé bem ali, olhando pra ele. Também não sei dançar valsa, mas vi que bem podia aprender." Bate de leve no braço do nosso pai. "Vi que existia um monte de coisas que eu podia aprender com um aristocrata."

"O que é aristocrata?", Tuck pergunta a Lu, cochichando.

Lu dá de ombros, erguendo as mãos. "É gente feito rei e rainha." Ela volta a olhar fixamente para Lonnie, forçando a vista, prestando muita atenção, tentando entender o que Lonnie quer dizer.

Eu me esqueço de olhar para as casas à beira da estrada, as rochas que vão ficando cada vez maiores. Não consigo tirar os olhos de Lonnie. É como se tivéssemos pegado uma borboleta na placa de Petri e, em vez de estudá-la, tivéssemos ficado hipnotizados. O mais espantoso de tudo é que nosso pai está mudo. É a primeira vez na vida que vemos isso acontecer.

"Quando eu fui pra Europa, achei que ia ver aristocrata a torto e a direito", continua Lonnie. "E, claro, não vi nem unzinho! Eu te contei da viagem pra Europa, não contei?", diz ela ao nosso pai, e então torna a se virar para nós. "Um homem me levou. Eu estava muito apaixonada por ele. Mas eu disse que só iria se ele prometesse que não ia encostar nem um dedo em mim." Ela dá uma risadinha e ergue um dedo gracioso. "E ele cumpriu o prometido. O tempo todo. E eu sabia que ele cumpriria."

Nesse instante, acontece aquilo. Bem no meio da falação de Lonnie, alguém solta um peido. Não conseguimos acreditar. Horrorizados, não dizemos nada de início. Lu, muito discretamente, abre sua janela. Só Clyde não se toca e age como se estivéssemos num dia igual àqueles outros.

"Pai!", berra ele.

"O que foi?", pergunta nosso pai.

Bem depressa, dou uma canelada em Clyde, mas já é tarde.

"Você peidou!", berra Clyde, agarrando a perna do nosso pai.

"Como é que é?", pergunta nosso pai, naquela sua voz de falsa inocência. "Eu acaso já peidei alguma vez que fosse?"

Lonnie dá sua risada de menina. "Isso foi outra coisa que eu aprendi. Só aristocrata peida desse jeito."

"Eita!", diz nosso pai, inclinando a cabeça para trás. Está com o mesmo olhar que tem quando algum de nós diz ou faz alguma coisa que ele acha sensacional. Ele não poderia estar mais satisfeito.

Ano passado, antes de ter ficado frio demais, íamos com nosso pai nadar em lagoas de pedreira. Agora, nosso pai ficou sabendo de uma pedreira que fica logo numa das saídas da estrada para a casa da nossa avó, e ele quer nos levar lá.

"Vocês trouxeram roupa pra nadar, certo?", pergunta, ao sair da rodovia. Sim, trouxemos roupa para nadar. Ele cutuca Lonnie com o cotovelo. "E você? Trouxe?"

"Ah, pular de penhasco?", diz Lonnie. "Nem pensar! Tenho muito medo. Mas vou ficar olhando vocês."

Nós também não queremos ir, porque vai ser preciso andar pelo mato. Como é que Lonnie vai fazer isso com aquelas sandálias? Vai arranhar as pernas. Vai ficar com carrapicho e folha no cabelo. De repente, aquele negócio de pular de penhasco parece uma coisa chata que só vai fazer sujeira.

Mas nosso pai insiste. Estamos descendo por estradas secundárias, com nosso pai pondo o pescoço para fora e olhando para ver se acha o lugar certo. Por fim, paramos em frente a uma coisa que parece uma trilha. Nosso pai estaciona e sai. "Vamos logo, andem, andem", diz ele, já que parece que estamos fazendo corpo mole.

Caminhamos com dificuldade pela trilha, margeada de amoreiras-silvestres. Vejo Lonnie lá na frente, afastando cuidadosamente com os dedos os galhos de amoreira.

"Por que é que a gente tem que fazer isto?", pergunto.

Nosso pai, bem à minha frente, olha para trás, verdadeiramente surpreso. Em geral, eu sou aquela que topa qualquer parada. "Que história é essa de por que é que precisamos fazer isto?! Pelo amor de Deus, eu achava que era justamente o que você queria fazer!"

Em algumas pedreiras, a água é cristalina. Mas, dessa vez, está barrenta. Que ótimo. Vamos pular em água barrenta, e a Lonnie vai ver tudo. Estamos subindo o penhasco de má vontade. Lonnie está esperando lá embaixo, uma figura amarela e verde-limão à beira da água. Sou a primeira a pular. Quando estou em pleno ar, ouço Lonnie berrar. Depois, quando minha cabeça está boiando na superfície da água, ela dá pulos e bate palmas. "Ufa!", diz para mim, falando alto. Tudo bem, penso, talvez a coisa não seja tão ruim. Eu me ponho para fora da água. Está gelado, é março, o inverno acabou há pouco, e fico toda roxa de frio. Mesmo assim, vale a pena, com certeza – se Lonnie vai bater palmas, berrar e pular. Os outros saltam na água atrás de mim. Lonnie faz para eles a mesma coisa que fez para mim. Eles também estão felizes da vida quando saem da água, e então nós todos andamos o mais empinados que podemos enquanto, tiritando, subimos o penhasco para fazer aquilo de novo.

Depois disso paramos num posto de gasolina. Estamos molhados e sujos de barro, mas Lonnie está sensacional. Quando desce do carro, todos os homens olham para ela. Lu leva um pente ao toalete para tentar arrumar o cabelo. Ela em geral não liga para essas coisas, mas Lonnie está conosco.

"Então", diz Lonnie, "posso ajudar com isso? O cabelo de vocês duas é lindo demais. Tão espesso!" Ela começa a pentear o cabelo de Lu e arruma a risca. "O pai de vocês é tão maravilhoso comigo!", diz enquanto penteia. "Essas histórias de outros homens que eu conto pra ele são só pra fazer ciúme." Lonnie liga o secador de mãos e faz Lu ficar em pé na frente dele para secar os cabelos. Em seguida ela se vira para mim. Seu perfume, quando ela está perto assim, lhe emana da pele. Eu sempre puxo bastante o cabelo ao pentear, mas ela é muito delicada. Tão logo meu cabelo está todo penteado e liso, ela liga outro secador de mãos e me põe de pé lá.

Aí olha para si mesma, cabelo e rosto, no espelho. Abre a bolsa e tira uma bolsinha de maquiagem. Lu e eu ficamos olhando enquanto Lonnie se retoca, aplicando uma ou duas camadas de rímel e só um pouquinho de *gloss* e pó de arroz. "Ei!", diz, virando-se. "Querem que eu passe maquiagem em vocês?" Em geral, nós e os meninos apostamos corrida para ver quem acaba primeiro no banheiro. Agora estamos levando um tempão, mas não ligamos. Lu e eu fazemos que sim com a cabeça. Lu é a primeira a ir até ela. Lonnie a faz fechar os olhos. Põe sombra nas pálpebras de Lu e encurva os cílios dela. "Você não vai querer rímel", diz. "Faz muita sujeira." Aplica de leve o *gloss* nos lábios de Lu, mais uma pontinha de *blush* nas bochechas. "Pronto!", diz, recuando para olhar. Torna a se aproximar, molhando um dedo na boca para modelar as sobrancelhas de Lu. Meu cabelo também já secou. Lonnie passa as mãos por ele. Ela se arrepia. "Ah, parece seda!", diz. Passa maquiagem também em mim. Olhos fechados, eu adoro a sensação das suas mãos macias e frescas no meu rosto.

Nosso pai bate à porta do banheiro. "Estão demorando por quê?"

"É surpresa, você vai ver", diz Lonnie.

"Deus do Céu!", nós o ouvimos dizer enquanto dá meia-volta e vai embora. Damos risadinhas. Sabemos que ele detesta ficar à toa.

Quando saímos, nosso pai está de volta no carro com os meninos. Tanto Lu quanto eu estamos com sombra nos olhos e com as bochechas muito rosadas.

"Olha pra elas", diz Lonnie. "Já viu meninas mais lindas que essas?"

Lu, maquiada, está com um sorriso de incerteza.

"O que é que vocês têm na cara?", pergunta Clyde. Ele tenta dar um soco no rosto de Lu.

Tuck olha para nós por um momento e depois volta a fitar Lonnie. "Esse aqui não precisa de maquiagem", diz Lonnie, esfregando as faces rechonchudas de Tuck e dando-lhe um beijo.

Nosso pai ri um pouco, um riso bufado. Além de o terem feito esperar, isso – a maquiagem e tudo o mais – não faz nem um pouco a linha dele.

——

Com nosso pai, nós em geral ficamos em hotéis baratos. Ou simplesmente seguimos viagem direto, só parando para um cochilo de vez em quando. Mas, dessa vez, ele se acertou para passar a noite na casa de um amigo em Boston. Viramos para lá e para cá até acharmos a rua, sossegada, limpa, margeada de árvores grandes. A casa é um sobrado geminado, amplo e tradicional, com fachada de arenito vermelho, e a porta está pintada de um azul-marinho brilhante. Nosso pai levanta Clyde para que este possa bater a aldrava. E Clyde bate com muito ruído.

O homem que aparece – George, o amigo – parece muito mais velho do que nosso pai, embora os dois tenham a mesma idade. Espantosamente alto, com uma barriga saliente, George já parece um velho.

"Meu Deus", diz ele a nosso pai, "que camisa divina!" Quando diz olá a Lonnie, um leve sorriso surge nos cantos da boca dele. George cumprimenta a nós quatro com acenos protocolares de cabeça e depois nos conduz todos para dentro.

O interior da casa é sombrio. Com as janelas pequenas e o monte de móveis escuros, dá a impressão de ser o auge do inverno, apesar de já estarmos na primavera. Uma mulher, que só pode ser a empregada – nunca vimos uma antes, mas ela está de uniforme preto e branco –, espia de uma porta.

"O senhor precisa de alguma coisa?", pergunta ela.

"Não, não, está tudo bem", responde George. "Vamos comer quando Pat voltar. Ela saiu para dar aula", explica ele por sobre o ombro, levando-nos por um corredor escuro.

"Ela está dando aula, é?", pergunta nosso pai. "Professora universitária, você disse? Puxa vida! Parabéns para ela."

George responde num tom que parece de surpresa. "É, pois é, acho que sim."

Nós o seguimos pelo corredor até uma sala onde há uma TV ligada. Dois garotos estão ali. Eles levantam os olhos.

"Meninos, digam oi para as visitas", diz George.

Os meninos, filhos dele, ficam minúsculos perto do imenso tamanho do pai. Também parecem estar sentados em cadeirinhas de boneca. Ou pelo menos um deles parece estar. O outro é deficiente físico e está de cadeira de rodas. Ele é muito frágil. Seus braços e pernas ficam balançando para lá e para cá. O primeiro garoto, baixote, pálido e rechonchudo, senta-se bem pertinho para tomar conta do irmão.

De início ficamos muito aborrecidos por termos sido trazidos para cá. Quando nosso pai está reclamando dos adultos, ele não para de falar de quanto as pessoas são idiotas por não quererem criança por perto.

"Mas e as festas em que criança não entra?", perguntamos, dando-lhe corda.

"Criança não entra?! Mas quem vai querer ir a festa em que criança não entra?"

Ao que parece, os filhos de George estão sempre confinados aqui.

Mas paramos de pensar nisso num instante, pois estamos vendo TV. Já que nunca vemos TV, não sabemos como fazer isso. Eu olho para Tuck. Ele nem sentou, mas seus olhos já estão girando. Clyde senta de boca aberta, muito perto da tela, com as pernas enfiadas debaixo do corpo. Lu e eu logo fazemos o mesmo. Nós nos esquecemos de tudo, dos meninos, da casa, até do nosso pai e de Lonnie. Não sabemos quanto tempo já se passou quando a empregada vem nos buscar. A empregada empurra o menino da cadeira de rodas para a sala de jantar, e o resto de nós vai atrás.

A sala de jantar é escura, com mesa de madeira escura e encerada, mais o aparador. Pat, a mulher de George, está lá. Tem cabelo escuro, pernas esguias e uma expressão irônica que parece nunca ir embora. Pat, assim como o resto da família, usa roupas sombrias, em tons de azul-marinho e vinho. Todos parecemos completamente deslocados ali, nosso pai em roupa de hippie, Lonnie na blusa transparente verde-limão, Lu e eu de camiseta de *plush* com gola V, Tuck com o cinto índio que ele mesmo teceu e que segura as calças de veludo. O menino da cadeira de rodas é colocado a uma das pontas da mesa, e o resto de nós, crianças, fica em volta dele.

A empregada traz a comida, um cozido de carne com batata numa travessa funda. Lonnie, como de hábito, começa a falar na mesma hora. "Você dá mesmo aula em faculdade?", pergunta a Pat.

"Dou, sim", responde a mulher, sorrindo seu sorriso irônico.

"Que maravilha!", diz Lonnie. "Tão romântico."

O riso de Pat parece um latido. "Bem, disso eu não sei. E você? O que faz?" Pat tem voz gutural. Ao perguntar, não olha para Lonnie porque está se servindo de comida.

Lonnie junta as mãos e apoia o queixo contra elas. "Ah, nada", responde. "Só fico batendo perna."

Pat, levantando uma sobrancelha escura, olha para ela.

"Não é verdade", diz nosso pai, apontando para Lonnie. "Ela é psi-psi-psicóloga. E não é qualquer psicóloga. Ela trabalha em hospital psiquiátrico."

Isso é novidade para nós. Todos olhamos para Lonnie. Eu a visualizo num corredor de hospital, usando roupa de enfermeira, com aqueles sapatos brancos. E concluo que ela deve ficar muito bonita assim. Imagino que a parte em volta dos peitos dela fique bem justinha.

"Você precisava contar isso pra eles?", diz Lonnie, faceira, olhando para as próprias mãos. "Bom, seja como for, é só o meu emprego diurno." Bate os cílios e ri. De repente, em contraste com Pat, ela parece ter a mais encantadora das risadinhas.

Nosso pai insiste, ainda olhando para Lonnie. Deve estar nervoso, porque gagueja. "Ela pa-pa-pagou a faculdade sozinha..."

"Ah, deixa disso", diz Lonnie. "Vamos mudar de assunto. Eu quero falar de outras coisas, coisas românticas, arte, literatura. Foi pra isso que a gente veio. Não é disso que vocês costumam falar?"

Cai um silêncio constrangido. Lonnie olha em volta, deslumbrada, e depois olha para o prato dela. "Esses pratos são tão lindos!", exclama. "São novos?"

"Não, não, minha cara", diz George, com aquela mesma cara de divertimento que teve quando viu Lonnie pela primeira vez. "Esses pratos são muito antigos."

Lonnie fica vermelha. "Ah, bom, é claro, vejam só como sou *gauche*. Seja como for, eles são muito lindinhos. Imagino que as coisas mais antigas sejam as mais lindas, feito essas pinturas. Imagino que elas sejam muito antigas."

"Ora, minha cara, são, sim."

Lonnie adota seu olhar coquete. "Você chama todas as mulheres de 'minha cara'? Ou só aquelas que vêm fazer pergunta boba?"

"Não, de modo algum, as suas perguntas são muitíssimo atiladas", diz George. Ele se reclina, cruzando sobre o peito as mãos de dedos tão longos, e sorri. Parece estar curtindo aquilo tudo.

"Pronto, taí uma palavra que eu não conhecia – atiladas", diz Lonnie. "Eu sabia que ia aprender coisas quando conhecesse alguns amigos do Sam. Eu pedi pra ele. Eu disse: 'Nessa viagem, quero conhecer alguns dos seus amigos, não os novos – ele tem uns amigos esquisitíssimos agora –, mas os antigos, aqueles lá de trás'. Mas, não sei por quê, ele vive escondendo vocês todos. Se eu tivesse amigos tão legais, podem ter certeza de que eu ia apresentá-los pra todo o mundo. Eu traria gente pra cá aos montes."

George presta atenção por um momento e aí, interrompendo, volta-se para nosso pai. "Você sumiu mesmo", diz. "O que é que você tem aprontado?"

Lonnie parece muito surpresa. Embora o resto de nós ainda esteja prestando atenção, ela deixa a história que estava contando ficar por aquilo mesmo.

"Ah, todo tipo de coisa", diz nosso pai. Está agindo de um jeito diferente, que não é o seu. "Escrevendo um pouquinho, cuidando de uns outros projetos, começando uma empresinha."

"É mesmo? E que tipo de empresa?"

"De chaminés. Sou o homem das chaminés."

"Chaminés? Deus do Céu, você continua o mesmo maluco de sempre! E aí, ainda tem contato com aqueles nossos cupinchas do AD?"

"Ah, não. Não muito."

"Que é isso, cara? Onde é que está a sua lealdade? Temos um grupo que se reúne uma vez por mês."

"Ah, é? Quem você vê lá?"

Lonnie se inclina para nós, do outro lado da mesa, e pergunta com um sussurro ruidoso: "O que é esse AD?".

Lu dá de ombros e ergue as mãos, perdida. "Pai, o que é o AD?", diz, interrompendo.

George parece confuso com tal impertinência de uma criança. Pat observa a todos nós, divertindo-se como se fôssemos um número de circo.

"Ah, é um grêmio da Harvard", responde nosso pai.

"O que é a Harvard?", pergunto. Lonnie ri, encantada.

"É uma escola onde George e eu estudamos."

George tem uma espécie de riso pigarreado. "Bem, você não conta mesmo nada para eles, não é?", diz.

"É verdade!", diz Lonnie. "Ele não conta nada pra nós. Não conta nada de coisa nenhuma. E, podem acreditar, ele tem coisas escondidas na manga. Não falo só de vocês dois. Eu quero dizer todo tipo de projeto, pra nem falar das mulheres. E olhem pra mim – sou um livro aberto. Eu imagino que todo aristocrata seja fechadão, né?" Volta-se para Pat, apontando para George. "Ele é fechadão também? Eu conto tudo. Ele sabe tudo dos homens que saíram e que dormiram comigo. Eu contei pra ele todas as minhas histórias. Tento fazer ciúme nele, mas não adianta. Não é esquisitíssimo?" De novo, voltando-se para Pat e apontando para George: "E ele? Tem ciúme? Talvez seja outra característica...".

"Um encanto. Você, minha cara, é um encanto", intervém George, como se tentasse botar alguma ordem nos trabalhos. "É, somos todos muito fechadões, não? Eu, por exemplo, acho que nunca enumerei para a minha esposa as mulheres com que fui para a cama antes de conhecê-la. Ou talvez tenha feito isso uma vez. Fiz mesmo isso, querida?"

"Fez, sim, meu caro", diz Pat. "Foi no Cairo, logo antes da guerra."

"No Cairo? Antes da guerra?" Lonnie parece confusa. Ainda que mantenha o sorriso, seus lábios tremem. "Vocês estão zombando de mim, não estão?"

"Não, minha cara, de modo algum."

"Por que é que vocês parecem ter sotaque britânico?", pergunta Lonnie. "Vocês são de lá? Ou é só brincadeirinha? Todos brincamos um pouco, né? Até aristocrata, pra ir levando."

George, aborrecido, levanta-se arrastando a cadeira. "Acho que já terminamos por aqui, não?" Ele chama a empregada. "Vamos tomar o café na sala de estar."

Todo o mundo fica em pé. O comentário de Lonnie foi uma farpa, mas agora ela parece arrependida. George já está acendendo um charuto. Ele não olha para Lonnie. Há um movimento rumo à sala de estar, com George à frente. O filho rechonchudo empurra o da cadeira de rodas, passa pela porta da sala de estar e continua pelo corredor até a sala da TV. Clyde os segue. Mas Lu, Tuck e eu ficamos pelo corredor, sem ter certeza de para onde devemos ir. Nosso pai, George e Pat já estão sentando na sala. Lonnie foi ao banheiro. Quando ela reaparece vindo pelo corredor, diz para nós num sussurro: "Vamos ver TV, OK?".

Ela para um instante à porta da sala de estar. "Vou ver TV com eles", diz. "Vocês, aristocratas, podem conversar entre si."

George parece aliviado, mas nosso pai dá a impressão de ter ficado desapontado. Ele estende a mão para Lonnie. "Benzinho", diz ele, para nossa surpresa. Nunca o ouvimos chamar uma mulher de "benzinho". Mas Lonnie já havia se decidido.

Nós a levamos conosco para a sala da TV. Sentamos com ela no sofá, Lu e eu de um lado, Tuck do outro. Nós lhe passamos o controle para que possa escolher um bom canal. Achamos um cobertor para lhe cobrir os joelhos expostos. "Ah, ufa", diz ela, recobrando-se, ainda corando, "isto tudo é muito mais divertido aqui com vocês."

—

O dia seguinte começa como o anterior, só que alguma coisa parece ter mudado durante a noite. Quem vai tomar a decisão? Eu? Lu? Precisamos nos livrar de Lonnie ou, no mínimo, depô-la. Ela requer atenção demais. Já perturbou tudo. Nosso pai foi silenciado, ele a chama de "benzinho"; agora estamos todos decorosos. Acabaram--se as brincadeiras, os peidos, a diversão despreocupada. No jantar da noite anterior vimos o ponto fraco dela. Isso nos dá um ponto de apoio. Já não estamos impotentes, cegamente fascinados.

No carro, mais uma vez, Lonnie começa a falar sem parar tão logo entramos. "Na Espanha, os homens são simplesmente maravilhosos. Vocês já namoraram algum espanhol? Bom, é claro que não, eu acho. Já o pai de vocês, pelo que conheço dele, era bem capaz de já ter namorado." Ela dá uma risadinha. "Você sabem que o pai de vocês é completamente esquizofrênico, não sabem? Mas parece que é disso que eu gosto – gente maluca. Os doidos, pelo menos, são sempre cheios de surpresas. O pai de vocês é sempre cheio de surpresas, isso nem se discute. E é disso que a mulherada gosta, né? Ser surpreendida. Não existe nada mais afrodisíaco."

"Afrodisíaco é o quê?", pergunta Lu, mas agora de um jeito diferente, ressabiado.

"Ah, eles ainda não precisam saber disso, precisam?", diz Lonnie. "É o que o pai de vocês tem. É o que atrai a mulherada. Todo o mundo é apaixonado pelo pai de vocês. Pra todo lado que ele vai, nós ficamos louquinhas por ele."

Dou uma mistura de risinho e bufada, imitando o risinho que nosso pai deu por conta da maquiagem do dia anterior.

Tuck se recosta devagar. Lu dá um suspiro, olhando pela janela. Lonnie não pode ter deixado de perceber que estamos todos nos afastando, mas ela continua bravamente a deitar falação.

"Acho que os italianos são superestimados demais, demais. Aquilo tudo é mito, coisa de filme. Todo italiano que eu conheci tinha pinta de verme."

Pega um pouco de *gloss*, aplica aquilo e depois o dá para Lu e para mim.

"Não, obrigada", diz Lu, deixando a mão cair despreocupadamente e olhando de novo pela janela. Estou dividida. Lembro-me da sensação que o *gloss* me deixou nos lábios no dia anterior e de como o gosto de morango era ótimo. "Não, obrigada", digo também, a voz um pouco fraquinha.

"Tem certeza?", pergunta Lonnie.

Um tanto desgostosa, faço que sim com a cabeça.

"Tá fedendo aqui dentro", diz Clyde um pouquinho depois.

Todos olhamos para ele. Não estamos sentindo cheiro nenhum.

"Alguém peidou?", pergunta Tuck. Se um dia antes estávamos tão constrangidos de falar de peido na frente de Lonnie, agora nem ligamos.

"Não, não foi peido", diz Clyde, rindo e dando um tapa no joelho. "Tem cheiro de outra coisa. Uma coisa ainda mais fedida."

"Perfume", murmuramos Lu e eu, baixinho, em uníssono.

Lonnie se volta em seu banco e nos lança um olhar rápido, de mágoa. Depois se dirige a Tuck. "Você não gosta do meu perfume?" Os lábios dela tremem, o mesmo tremor que estava lá na noite anterior, só que daquela vez ela continuou tentando sorrir. Todo o mundo vê. Todo o mundo menos Clyde, que não está nem olhando.

"Não, não gosto, não!", responde ele, rindo.

"Muito bem, Clyde", diz nosso pai. "Já chega."

Seguimos caminho um pouco mais. Lonnie não está realmente falando mais. Quando ela recomeça, a voz parece diferente. Já não parece mais a de uma menininha. "Sabem de uma coisa? Eu não tive uma infância como a de vocês todos. Vocês têm muita sorte. Têm um pai e uma mãe que amam vocês. Não precisam trabalhar o tempo todo. Podem brincar à vontade. A gente morava num *trailer*. O meu pai foi embora. Eu trabalhava sem parar. Quase nunca podia me divertir."

Nosso pai, nada à vontade, lança um olhar para ela.

Ela tenta voltar à luta uma última vez, de novo com voz de menina, olhando insistentemente para nosso pai. "É por isso que estou compensando agora que cresci."

Nosso pai ri, aliviado, mas nós, nessa altura, estamos todos olhando para outro lado.

Um pouquinho depois, no banheiro do posto de gasolina, o que parece ser o derradeiro e desesperado esforço: Lonnie conta para Lu e para mim que está superapaixonada. Nosso pai, diz ela, é o amor da sua vida. Lu, sem olhar para ela, sacode as mãos para tirar a água. Eu olho ressabiada para Lonnie. Entro num dos sanitários depois que ela o usou.

"Foi você quem escreveu aquilo na parede?", pergunto.

Ela dá uma risadinha. Na parede do sanitário, escritas a batom, leem-se as palavras *Lonnie vai casar com Sam este ano*. Lu também entra no sanitário, para olhar. Sai e encara Lonnie, que fica vermelha.

"Foi, sim."

"E por que escreveu?", pergunto, com um ligeiro sorriso de desprezo.

"Por que escrevi? Porque eu quis. Vocês nunca gostaram de um menino e escreveram o nome dele na parede?"

"Não", respondemos Lu e eu.

"Pois deveriam."

"E por quê?", pergunto.

"A gente não quer fazer isso", diz Lu.

Pela cara de Lonnie, podemos ver que tudo mudou. Lonnie se volta para o espelho e, em silêncio, ajeita a maquiagem. Lu e eu rumamos para a porta.

Mais tarde, ocorreu-me que Lonnie ilustrava perfeitamente uma das coisas que nosso pai mais gostava de dizer: "Eu posso ter cara de bobo". Ele adorava a ideia de que alguém "tivesse cara de bobo". Bancar a Barbie como Lonnie fazia era bem isso, uma encenação, o jeito que ela havia adotado para levar a vida.

De volta ao carro, continuamos viajando. Lonnie está calada. Nosso pai, percebendo que alguma coisa está errada, brinca um pouco com todo o mundo. Mas parece estar esperando que Lonnie fale e, assim, não consegue fazer decolar aquele monólogo habitual dele. Passado algum tempo, Lonnie pergunta se podemos parar outra vez, dizendo que precisa ir ao banheiro. Tão logo nosso pai encosta o carro, ela sai, levando a bolsa. Aí, inclinando-se à janela, pede as chaves. Nosso pai as passa para ela. Lonnie vai até a traseira, abre o porta-malas, pega sua mala, rosa-bebê, e volta.

"Obrigada", diz ela, tornando a se inclinar e deixando as chaves caírem no banco do passageiro. "Já vou indo. Vocês, crianças, são más. Vocês sabem disso, não sabem?"

Ficamos todos surpresos e calados enquanto ela se afasta. Só então nosso pai se mexe. "Deus do Céu", diz ele, saindo do carro e seguindo-a para a loja do posto.

Podemos ver os dois pela vidraça. Lonnie pediu aos caras do balcão para usar o telefone e já está fazendo uma chamada quando nosso pai entra. Ele a espera terminar. Quando ela põe o fone no gancho, ele começa a gesticular, apontando para o carro. Ela balança negativamente a cabeça, com as longas madeixas amarelas sacudindo para lá e para cá. Ele se aproxima dela. Ela recua. Ele ergue os braços, num gesto de quem não sabe mais o que fazer. Os caras atrás do balcão assistem com a fisionomia animada de quem está totalmente absorto no espetáculo. Lonnie começa a falar de modo enérgico, apontando o dedo para nosso pai. Aí, ela começa a berrar. Ele põe as mãos diante do rosto, como se estivesse sendo atingido por granizo. Um táxi azul para em frente à loja do posto. Lonnie apanha a mala do chão e sai. Nosso pai vai atrás dela, esquivando-se, cuidadoso. Do lado de fora, ela entra no táxi e bate a porta. Nosso pai bate de leve no vidro da janela. Lonnie não olha. Alguns segundos depois, o táxi sai. Ela não olha para trás para nenhum de nós.

Nosso pai fica em pé em frente à loja do posto, olhando para o táxi. Depois dá uma olhada para nós e torna a levantar as mãos, sem saber o que fazer. Volta furtivamente para o carro. "Droga!", diz ele ao entrar. Nós, as crianças, estamos todos um pouco empolgados. Com certeza, é tudo empolgante. Claro, teria sido mais ainda se Lonnie tivesse gritado mais. E se ela tivesse continuado. Se ela não tivesse ido embora sem olhar para trás. Damos nossas risadinhas, nervosamente. Só que, cedo demais, o táxi some de vista.

Nosso pai se recosta por um momento, com as mãos no colo, olhando fixamente pelo para-brisa. Quase nunca o vemos desse jeito, sem falar e sem se mexer. Depois ele dá partida. Lu sobe pelo espaço entre os bancos da frente para sentar no do passageiro. Saímos do posto de gasolina e seguimos viagem. Em silêncio. Ninguém diz nada. Não era isso o que queríamos? A situação era insustentável. Disso não havia dúvida. Lonnie precisava ir embora. Eu olho de relance em volta, mas ninguém está olhando para ninguém. Estamos em êxtase, triunfantes? Temos o sentimento de que fizemos uma coisa horrível? Chegamos mesmo a fazer alguma coisa? Eu me estico para ver o rosto do nosso pai. Ele está olhando fixa e impassivelmente para a estrada. Torno a me recostar e também fico olhando fixamente para fora. Estamos na rodovia. A paisagem – os penhascos e a sinalização, as casas à beira da estrada – parece solitária.

Enquanto seguimos viagem, eu, por alguma razão, fico reparando no lixo da beira da estrada, o qual descai pelos barrancos para além das muretas. Dá para ver como as poltronas estofadas, as molas de colchão e os vasos sanitários caíram e, pelo próprio peso, desceram aos trancos o barranco. Sei que Lonnie partiu por vontade própria, mas, ao mesmo tempo, não consigo deixar de pensar que nós a descartamos, a jogamos fora. Que a tiramos do banco da frente e a jogamos na beira da estrada. Eu, sentada ali, quase consigo sentir o esforço e cansaço nos braços de ter atirado um corpo para fora do carro.

INTERVENÇÃO

Sempre que eles iam para a casa dos avós na Nova Inglaterra, era como se estivessem vindo de uma ilha para o mundo, embora se tratasse de uma versão esquisita do mundo. O trajeto de noite inteira pelas rodovias com o pai, só parando rapidamente para reabastecer e coisa assim. E, depois, quando acordavam e viam que estavam chegando à cidadezinha, imaculada, com a igreja de torre branca. Atravessavam a cidade, depois a ponte corcunda, pegavam à esquerda e iam na maciota, passando por casas à beira do caminho, até darem em duas colunas de pedra, quando então tornavam a virar. Não dava para ver a casa dali, mas aos pouquinhos, à medida que se aproximavam, surgiam partes dela, as quatro chaminés largas – as janelas dos cômodos da frente, outras tapadas pelas árvores –, até que, quando viravam na entrada circular de carros, e isso cedo demais, a casa já se avultava sobre eles.

—

Maeve veio caminhando em volta da entrada circular, com o cachorro – Milton, meio pastor alemão, meio galgo inglês – movendo-se desajeitadamente atrás. Ela atravessou a entrada, virou e então viu aquilo, a horta da avó. Mas será que se podia mesmo chamá-la de horta? Parecia mais uma selva. Todo ano Maeve ia olhar, e todo ano a horta tinha ficado mais agreste. A avó, em vez de remover erva daninha, continuava plantando. Os aspargos estendiam seus ramos, semelhantes a plumas, e estavam da altura de árvores. Havia todo um campo de girassóis – esses eram novos ali, assim como a abobreira que, com folhas longas e rasteiras, se espraiava ameaçando estrangular os pimentões. O monte de compostagem se erguia como uma montanha negra. Os tomateiros pendiam bebadamente dos suportes. Maeve deu a volta à cerca até achar o portão, levantar o trinco e entrar na horta.

Abriu caminho por ali, fazendo um tomate esguichar num ponto, sendo espetada por uma erva agulhenta em outro. Tinha chovido na noite anterior. Aqui e ali, uma gota ainda caía das folhas. Na escuridão debaixo de uma das folhas de abobreira, viu uma coisa reluzir. Aproximou-se, segurando o fôlego. Era uma flor, de um roxo pálido e fantasmagórico, com corola funda. No escuro daquele seu recesso, a flor produzia um brilho que entusiasmava tanto quanto desconcertava.

—

Lu olhou atentamente lá da janela do sótão. Era uma altura vertiginosa. Viu a cabeça de Maeve sumir ao dar a volta na entrada de veículos. Depois, não viu mais ninguém. O quintal estava vazio. À distância, via a corcunda da montanha, coberta de pinheiros. Virou-se e prestou atenção a algum ruído que viesse de baixo. Nada. Voltou de fininho para o armário que tinha estado fuçando. Os armários, ali, eram muitos. O sótão, assim como a casa, era imenso. Havia um corredor largo em que se entrava depois de ter subido a escada para o sótão. Em seguida, vinham os três cômodos grandes, antigamente os quartos dos filhos quando estes estavam crescendo – foi para lá que eles se mudaram para ficar longe dos pais. Depois, aqueles cômodos serviram de quarto para os amigos e, então, para quem quer que se instalasse ali. Havia ainda um pequeno quarto dos fundos, um banheiro e uma enorme área escura que chamavam de depósito do sótão. Mas os cômodos eram quase inidentificáveis como tais. Estavam, todos eles, apinhados de coisas. Baús cheios de relíquias, pilhas de colchões, biombos orientais, pilhas e mais pilhas de cadeiras quebradas. Havia objetos de valor, como pinturas, enfiados entre abajures comidos pelas traças. Mas não apenas o sótão era assim. Nessa casa, por toda parte, as coisas se acumulavam sem que ninguém as jogasse fora.

Era ali, entre os armários entulhados de roupas velhas, roupas dos tempos da tia, da avó, às vezes até mesmo de antes disso, que Lu, agora com onze anos, fazia suas descobertas. Sempre que ia para lá, encontrava coisas maravilhosas – uma caixa de chapéu forrada de seda, uma capa de veludo, sapatos roxos de salto alto. Às vezes, quando tocava um vestido, ele se desintegrava por completo. Lu depois voltava para casa com alguma coisa nova e assombrosa enfiada na mala. Agora, de uma pilha de sapatos no chão de um dos armários, ela puxou um boá de pele de coelho. Lu a colocou sobre os ombros. Puxou-a para bem junto do pescoço. Esticou o pescoço para olhar no espelho que ficava no alto de uma velha penteadeira. O espelho tinha manchas prateadas. Para enxergar alguma coisa, era preciso se posicionar do jeitinho certo. O boá lhe iluminou o rosto e o cabelo louro entremeado de partes mais escuras. Aquela luz era um truque, uma invenção. Enquanto Lu estava ali de pé, jubilante, a poeira deslizava furtivamente pelo chão.

—

Tuck, sete anos, espiou dentro do estúdio do avô. O que este estaria fazendo lá agora? Havia um túnel estreito entre as altas estantes de papéis e livros. Nos fundos, uma oficina. Tuck nunca tinha entrado lá. Mas sabia o bastante para ficar morrendo de curiosidade. Imaginava frascos fumegantes e um tanque com camadas de gelo. Sim, porque o avô não vinha inventando um jeito de fazer neve? Estava construindo um teleférico de esqui que subiria até a corcunda da montanha, mas antes o avô precisava inventar um jeito de fazer gelo. Só que parecia que alguém tinha inventado aquilo primeiro. Tuck também sabia das outras coisas: o veleiro que o avô estava construindo, o mais rápido do mundo; a máquina de secar feno; o velocímetro para pormos nos esquis e sabermos assim quão rápido estávamos indo. (Mas como era que íamos conseguir olhar para o velocímetro se estávamos indo tão depressa?) Tuck nunca ousaria entrar no estúdio do avô. Ele nem sequer batia à porta. Simplesmente ficava esperando daquele jeito, respirando pesado, perto da porta.

—

Mas o principal lugar da casa era a cozinha. As paredes eram azul-piscina, e o teto tinha papel de parede prateado. O fio da lâmpada que pendia sobre a mesa estava enrolado numa colher de pau porque, do contrário, a luz ficaria baixa demais. A mesa estava sempre atulhada de comida: *crackers* suíços de centeio, panquecas de aveia, xarope de bordo, cerejas, damascos turcos, um tipo esquisito de figo, arroz frio, levedo de cerveja, molho de pimenta, couve cozida, o rum com caviar que alguém tinha jantado ali fazia pouco tempo. O refrigerador ficava literalmente abarrotado. Mas, a despeito dessa pesada acumulação, o cômodo era arejado. A porta que dava para o quintal, também pintada de azul-piscina, estava invariavelmente aberta. A luz entrava pelas duas janelas que ladeavam o fogão, delineando abacateiros em variados graus de crescimento, iluminando um velho moedor de grãos parafusado ao balcão e os pratos empilhados de qualquer jeito na pia. Cedo ou tarde, todo o mundo gravitava para a cozinha.

"Eu cheguei – nós chegamos – hoje de manhã", disse Sam, o pai deles, com uma voz gozada porque Clyde, acomodado em seus braços, lhe tapava o nariz, "e havia um cara, que nunca vi mais gordo, fazendo omelete aqui na cozinha." Mexeu-se até desprender o nariz. "Quem diabos era ele?"

"Era o Reb?", perguntou Lewis, um dos tios de Clyde. Lewis estava recostado na pia, comendo maçã. O mais novo de cinco irmãos, ainda morava na casa. Tinha cabeça grande, ossuda e bonita e usava rabo de cavalo bem comprido.

"Não sei como diabos o cara se chama. Ele agiu como se fosse *eu* quem estava interrompendo *ele*."

"Bom, ele não devia saber quem você era", disse Lewis. "Mas talvez tenha sido o Crow."

"E quem diabos é o Crow?"

Lonnie, a namorada de Sam, estava sentada à mesa e deu uma risadinha. Usava conjunto de moletom rosa justinho e óculos de aro de tartaruga e estava folheando uma revista chamada *Psychology Expert*.

"O Crow está trabalhando nas casas de aluguel. Elas precisam de todo tipo de conserto. E o Reb... Bom, o Reb é um dos achados da Coralie. Mas ele está ajudando papai num projeto de engenharia."

"Projeto de engenharia?!", disse Sam. "Com papai? Aquele cara?!"

"Bom, parece que é isso. Dizem que ele é brilhante."

"Brilhante?! Aquele cara?!"

Rita, a avó de Clyde, pairava ao redor do fogão e sorriu de leve quando estava perto de Sam, sem olhar diretamente para ele. Tinha silhueta delicada, cabelo escuro e brilhante cortado curto, nariz quase grande. Usava a roupa de jardinagem – blusa cor de alfazema, saia *jeans*, sandália.

Lonnie ergueu o olhar. "Aqui diz que brinco pingente espanta sessenta por cento dos homens." Bem nesse instante, Lu entrou vagueando do corredor, tirando da boca uma mecha de cabelo. Lonnie levantou o dedo e olhou direto para ela. "Nunca use brinco pingente no primeiro encontro."

A reação de Lu foi frouxa, evasiva. Lu seguiu meio a esmo para a jarra de amêndoas. Não conseguia acreditar que o pai tivesse trazido Lonnie.

"Mas, então, o que é esse projeto de engenharia?", perguntou Sam a Lewis, fazendo um movimento seco e brusco com a cabeça, para apontar o corredor e a porta do estúdio do avô das crianças.

"É um dispositivo de energia alternativa. A ideia é explorar as diferenças de temperatura em determinado curso de água. Na verdade, eu não entendi lá muito bem. Mas papai está pensando grande, falando em utilizar a energia dos oceanos."

"Que coisa!", disse Sam. "Mas tudo bem."

"Faz um mês", disse Rita, "eu dei a volta na casa, e lá estava ele discutindo com um homem as fundações da casa." Ela falou baixinho, talvez de modo travesso. Ou teria sido apenas desesperançado?

"Como assim, 'fundações'?", perguntou Sam.

"Ah, você sabe, aquelas pedras grandes e lindas que são alicerce da casa. Bem, estavam discutindo o preço delas." Rita colocou num prato uma panqueca de textura esquisita e se moveu para sentar à mesa.

"Ah..." Lonnie riu, cobrindo a boca. Era sua primeira visita à casa.

Sam, agitado, pôs Clyde no chão. "Deus do Céu, mamãe! Então o maldito tá mesmo ficando maluco!"

Rita deu de ombros, lançando um olhar vago para outro lado. "O avaliador vem amanhã. Ele acha que podemos conseguir bom preço pelas cadeiras de artesanato tradicional americano."

Christopher, o outro tio das crianças, impecável de camisa branca e calças pretas, entrou pela porta dos fundos, trazendo nos braços uma bola compacta de roupas. "Ai, ai, ai, o que é isto tudo?", disse, olhando pelas lentes grossas dos óculos, claramente consternado em vê-los todos ali. "Oi, oi, Sam. Oi, oi." (Para Lonnie.) Sem deter-se, foi direto para a despensa, onde ficava a máquina de lavar. Lu olhou para ele. Lembrou-se de quanto diziam que ele era o mais inteligente, com "um cérebro afiado feito navalha". Pensou naquela navalha dentro da cabeça do tio, cortando a torto e a direito. Christopher morava não na casa, mas num barracão sujo no meio do mato. Mesmo assim, as roupas dele estavam sempre impecáveis.

Sam fez uma reverência com a cabeça, um tanto zombeteiro, quando Christopher passou a caminho da despensa.

"Aquele é o Christopher?", perguntou Lonnie a Sam, com um sussurro teatral, tão logo se fechou a porta da despensa.

Sam fez que sim com a cabeça.

Lu levantou três amêndoas na mão e as deixou cair na boca. Clyde estendeu a mão para pedir algumas.

Christopher reapareceu.

"Como é que está o ramo dos peixes?", perguntou-lhe Sam.

"Bem, bem", respondeu Christopher, já caminhando direto para o quintal.

Lonnie se virou na cadeira quando Christopher passou. "Me falaram maravilhas a seu respeito", disse ela. "Tipo você conseguir jogar xadrez de olhos vendados sem nunca perder."

Christopher deu uma risada brusca, sem alegria. "Ai, ai... É, consta que eu faço isso, sim."

"Dizem que você faz isso aí pelos bares da cidade e sempre ganha. E isso", disse Lonnie, dando um pulo de empolgação, como uma menininha, "é uma coisa que eu quero ver!"

Christopher riu com um pouco mais de satisfação. "Bom, quem sabe uma outra vez?" Dava voltas em círculos fechados, como bicho no curral, tentando sair. "Não, não, eu não posso ficar. Tenho um monte de coisas pra fazer."

Saiu como uma flecha, mas fechou a porta cuidadosamente atrás de si.

"A abobreira que plantei deu uma flor extraordinária", disse Rita, "do roxo mais claro que vocês já viram."

—

Havia a cozinha azul-piscina, com a pintura descascando em todos os cantos. Depois o corredor escuro e, no fim dele, a luminária mágica que estava presa à parede. Mágica como? Se a gente batia nela uma vez, no braço de cobre, ela se acendia muito de leve. Se a gente batia de novo, dava uma luz mais brilhante e, de novo, uma luz mais brilhante ainda. Depois, para apagar, era só ir batendo outra vez, toc, toc, toc, bem de mansinho, e a luz ia de brilhante a fraca, e depois mais fraca, até sumir por completo. Lu, tendo novamente zanzado da cozinha para o corredor, esticava o braço para cima e ficava dando batidinhas no cobre.

—

Clyde sabia que havia um lobo empalhado em algum lugar. Era o que todo o mundo dizia. Tinha procurado no sótão da última vez. Agora olharia no porão. Virando na cozinha, chegava-se à porta para o porão. Talvez o lobo estivesse lá. Clyde desceu de fininho a escada às escuras.

No porão, lâmpadas pendiam de fios no teto. Encostados a uma das paredes, havia esquis, pelo menos uns cinquenta, sessenta pares, maltratados, alguns quebrados, gastos por gerações. Ao lado deles, nas sombras, bastões de esqui, toda uma pilha de bastões de madeira. E caixas e mais caixas de botas de esquiar, daquelas de couro, rachadas, e patins para gelo, tanto de hóquei quanto de patinação artística, alguns deles sem lâmina. Os patins e as botas se esparramavam para o chão. Mas ninguém jogava nada fora, não importando o quê. Pelo contrário, juntavam mais e mais. Nunca havia só um exemplar de alguma coisa. Eram sempre vinte, cinquenta, centenas. (Na cozinha, era a mesma coisa: trinta batedores de ovos, quinze coadores, uma enorme coleção de potes plásticos de iogurte.) Ninguém ali pensava em utilidade. No porão estavam também coleções de revistas, centenas e centenas, pilhas e pilhas, formando longas fileiras de *Time* e *Life*, de *National Geographic*, de revistas de arquitetura. Havia até uma pequena coleção de *Playboy*. Com as lâmpadas pendentes, a luz era ou fraca, ou ofuscante. Clyde atravessou o trecho ofuscante de chão até o outro lado, lá onde ficavam as prateleiras.

Elas eram talvez a parte mais interessante, pensou Clyde. Uma se encontrava coberta de ferros de passar, em todos os formatos, tamanhos e épocas; a maioria deles, assentados em pé ou de comprido, estava enferrujando. Outra prateleira tinha torradeiras, aparentemente de todo tipo que já fora inventado. Depois vinham cornetas acústicas, mais uma vez desde as muito pequenas, com a abertura do tamanho de uma palma estendida de criança, até as enormes, elefantinas – como era que alguém conseguia segurar aquilo? Havia jogos de química, com toda espécie de poção em vidros pequenos. Os vidros estavam empoeirados. Tudo, por toda parte, estava coberto de poeira. Clyde, como sempre, imaginou-se descobrindo algo deliciosamente horrível entre os vidros. Um nariz velho e ressecado, por exemplo.

"É um chapim", disse Rita, olhando da janela da cozinha para o comedouro de pássaros.

Tuck estava ao lado dela, preparando para si mesmo um sanduíche de queijo tostado no forninho elétrico. Ele apoiou as mãos no balcão para se impulsionar para cima e olhar.

"Oba!", disse o sujeito de aspecto desmazelado, físico magro e braços bronzeados que abriu a porta dos fundos da cozinha. Estava de macacão de brim, mas não havia prendido as alças, de modo que elas pendiam, com as pontas arrastando no chão. "Opa, opa, o senhor me desculpe", disse ele ao cachorro, Milton, que vinha esperando para sair para o quintal. O rapaz dançou delicadamente em torno do cachorro, manteve a porta aberta para ele e fez uma reverência. Depois, erguendo a vista, dirigiu-se a todos – "E aí, bacanas?!" – e atravessou a cozinha de fininho, como a Pantera Cor-de-Rosa, pensou Tuck, até a outra passagem, de onde dava para ouvi-lo bater à porta do estúdio do avô.

"É ele", cochichou Lonnie, dando risadinha para Sam. "O engenheiro." Ela ainda estava à mesa, folheando a revista.

"Ah, tá. Deus do Céu", disse Sam. Ele e Lewis estavam levantando a chaminé do grande fogão a lenha. Quando eles a puseram no chão, uma chuva de fuligem lhes caiu sobre a cabeça e os ombros.

Repentinamente, do lado de fora da janela, todas as aves levantaram voo. Um carro tinha acabado de estacionar, e uma mulher, saído dele. Tuck, reacomodando-se no balcão, a reconheceu pela janela. Era Coralie, a namorada de Lewis, e ela já andava pela casa fazia vários anos. Um instante depois, Coralie irrompeu pela porta da cozinha. Queixo projetado, sobrancelhas abaixadas, parecia estar empreendendo alguma missão.

"Lewis", disse ela, "você não vai acreditar no que acabei de ver. Fui ao Kmart, e eles estão com uns brincos de diamante em liquidação. São fantásticos, simplesmente fantásticos. E muito baratinhos pelo que são. Mas baratinhos mesmo. Só cento e cinquenta dólares."

"Deus do Céu", disse Sam, baixinho. Lewis, coberto de fuligem, estremeceu e se encolheu.

Coralie se voltou, viu Lonnie de conjunto de moletom e mudou a fisionomia por completo. "Ah, você tá malhando, não tá?"

"Ah, não – eu nunca malho", respondeu Lonnie. "Só boto a roupa e faço figa pra perder peso."

"Você só bota a roupa, né? Tá bom..." Coralie olhou para a revista de Lonnie. "Você é psicóloga, certo?"

Lonnie deu uma piscadela. "É só o meu emprego diurno."

"Puxa, isso é tão engraçado", disse Coralie. "É só o teu emprego diurno."

"Aqui tem trinta dólares", disse Lewis, entregando algum dinheiro a Coralie.

"Só trinta?" A expressão de Coralie se alterou. Muito de repente, ela parecia enojada. "O que é que eu vou fazer com trinta dólares?"

Lá de cima, veio o retinir de garrafas de cerveja caindo pela escada, e uma música *punk* começou subitamente a tocar, bem alto.

Quando vinham no inverno, a casa estava cercada de neve. Rastros de esqui saíam das portas da frente e de trás e depois seguiam pela estradinha e atravessavam os campos. À luz da tarde, as marcas de esqui se enchiam de sombras azuis. As retas azuis se espalhavam em diagonais, como leques que se abriam da casa. A neve cobria a quadra de tênis. A neve se acumulava no chafariz circular, com bordas como as de concha de vieira, o qual servia para que os pássaros bebessem água. A neve se amontoava nos galhos recurvados dos pinheiros. Ela cobria o grande tanque de peixes, a menos que fossem patinar e a tirassem dali.

Mas agora, em pé debaixo da faia junto à quadra de tênis, Lu não conseguia acreditar que alguma vez tivesse nevado. Não: com tudo tão verde, parecia impossível. O tanque era verde-turvo no raso, mais escuro no meio. A grana era verde, fofa, encorpada. Acima de Lu, as folhas da faia, vermelho-escuras, tinham um cheiro que nenhum outro tipo de folha tinha. Era uma árvore fácil de escalar. A casca era cinzenta e muito lisa. Tinha até rugas – nos nós, como pele de elefante, ali onde um galho encontrava o tronco. No outono, as folhas eram cor de ouro acobreado. Era como se tivessem acendido uma enorme tocha e ela estivesse ardendo no quintal. A árvore inteira brilhava. Sua luz dourada entrava pelas janelas da casa, chegando à biblioteca e à cama de água no quarto da avó, ali em cima.

Lonnie agora estava de pé na cozinha, com os óculos de aro de tartaruga empoleirados no alto da cabeça. "Ok, já entendi que toda essa gente vive aqui. Mas o que é que eles fazem da vida?!"

Olhou para o adolescente que, usando fones de ouvido e fazendo chá para si mesmo, estava de pé junto ao balcão do outro lado da cozinha. Tinha uns dezesseis anos e era branco e esquelético, tão magro que precisava segurar as calças com uma das mãos.

"Ele, por exemplo, é quem?", perguntou Lonnie.

Sam estava limpando a chaminé do fogão a lenha, com Clyde ao lado para lhe dar as ferramentas.

"É o filho de um dos casamentos anteriores da May, a nossa irmã mais velha", respondeu Sam.

"E a May?"

"Ela não veio. Agora ela tá casada com um advogado de Nova York. Ele não gosta de vir aqui."

"O gozado", continuou Lonnie, "é que parece que eles já eram hippies antes mesmo de ter existido hippie, ou a turma da volta pra natureza, ou qualquer coisa assim. É isso, né? Do que mais a gente vai chamar esse estilo de vida? Com horta orgânica, invenções, todo esse povo doido zanzando pra lá e pra cá? E o maconhei... O 'engenheiro', quero dizer... É um completo maconheiro, e eu não vou ficar admirada se o Lewis também for. Acho que a diferença é só o dinheiro."

O adolescente, Alex, de repente abriu o bico. "E a política. A política do velho é fútil, totalmente, e eu é que não ficaria surpreso se ele fosse contra Lincoln ter emancipado os escravos."

"Sério?" Lonnie se voltou e olhou para Sam.

Sam deu de ombros, como quem não sabia o que fazer nem dizer.

Ouviu-se uma pancada contra os lambris do corredor. Clyde correu para ver o que era. "É a Maeve andando de monociclo!", explicou ele, voltando correndo para contar e depois virando e indo correndo olhar. Houve mais pancada e, aí, um estrondo.

Lonnie tornou a olhar para Alex, que tinha recolocado os fones de ouvido e já não prestava atenção. Lonnie se voltou outra vez para Sam. "No começo eles tinham um dinheirão, né?"

"É, é – tinham", disse Sam. Estava coberto de fuligem da cabeça aos pés. "Papai tinha até valete pra cuidar da roupa dele."

"E agora?", perguntou Lonnie a Sam. "Alguém ainda tá ganhando dinheiro?"

"Dinheiro?", disse Sam. "Você tá me gozando?"

"Mas nada, nada? Que loucura!..."

Sam deu de ombros, mais uma vez como quem não sabia o que fazer nem dizer.

Maeve veio do corredor com o monociclo, pedalou cozinha adentro, bamboleou, recuperou o equilíbrio e deu meia-volta.

—

Clyde estava de pé junto ao tanque de peixes. Havia um monte de areia que alguém tinha posto ali. A água fazia barulho muito de leve. Clyde olhou fixamente para ela. Havia peixes ali. Seus dorsos prateados reluziam para a direita e a esquerda, a direita e a esquerda... Ah, como ele queria pegar um! Deve ser bem fácil, pensou, pegar um desses peixes com as próprias mãos. E por que é que a gente não conseguiria? Por que é que alguém não conseguiria? No riacho lá de casa, já tinha catado barrigudinho, pitu, salamandra, rã. Por que não peixe? Clyde conseguia até sentir o peixe, escorregadio, entre as palmas das mãos. Tirou o calçado e pisou na água. Via as plantas no fundo. Deixou os peixes se juntarem ao redor dos pés. Eles reluziam para a direita e a esquerda, a direita e a esquerda... Agachou-se com o máximo cuidado, para deixar as mãos mais perto quando tomasse impulso. Arremeteu com as mãos para baixo. Sentiu a beira de um dorso escorregadio, o roçar suave e rápido de uma cauda. Era só a beira de um peixe o que ele havia tocado. Não tinha nem conseguido colocar as mãos em volta do bicho todo.

—

Coralie tinha convidado Lu para ir lá em cima. "Eu tenho um vestido incrível", disse, "e você precisa experimentar. Vai ficar sensacional em você."

Lu a seguiu até lá.

O quarto estava atulhado de coisas, com o colchão no piso. "É um lixão", disse Coralie. "A gente mora nesta casa linda e, é claro, temos este lixão. Você sabe como é?" Lu não respondeu. "Você sabe como é?", tornou a perguntar Coralie, encarando Lu, diretamente, como uma criança ou um animal fariam.

"É, sei", respondeu Lu. Olhou atentamente em volta e, depois, para fora, pela janela. "Aqui não é tão ruim. Eu gosto."

"Você gosta? Gosta, é? Gosta mesmo?" Coralie olhou ao redor, como se visse o lugar pela primeira vez. Muito embora tivesse sido criada em toda parte da Europa, tinha um sotaque americano tranquilo, sossegado. "Bom, eu tentei arrumar." Um xale espanhol com borlas pendia de um prego na parede. Coralie esticou o braço e deu um puxão no xale. "Tá vendo? Tá vendo isto aqui? Fui eu que pus." Deu de ombros.

"É legal."

"O Lewis não faz nada. Eu tenho que fazer tudo." Coralie olhou em volta. Parecia ter esquecido o vestido por completo. Seu olhar pousou num maço de papéis sobre a mesa. "Ai, Jesus! Estou trabalhando neste poema. Você quer ouvir?"

Lu deu de ombros e, ao mesmo tempo, assentiu com a cabeça.

"Você precisa ouvir. Fiquei trabalhando nisto ontem o dia inteiro. É só... Você sabe quando a gente sente uma coisa maior do que a gente? Bom, este poema é maior do que eu. Ele veio de dentro de mim, sabe? Desse jeitinho, igual a um bebê. Ah, sei lá – talvez não um bebê, mas um lobo pequeno. É, um lobo pequeno."

"Legal", disse Lu.

"Pois é, isso é uma imagem, né? Talvez eu devesse colocar no poema. Vem cá, deixa eu ler pra você."

Lu girou sobre si mesma. Não se sentia nada à vontade. Não queria ter de ficar ali ouvindo e depois precisar dizer alguma coisa.

"Mas espera", disse Coralie. "Sabe de uma coisa? Não posso declamar deste jeito. Tenho que botar outra roupa. Você sabe, se um dia eu acabar o poema, pretendo declamar num festival de poesia aí. Conheço o cara que organiza aquilo. Eu disse pra ele que queria declamar uma coisa. 'Um poema épico', falei. Épico! Dá pra acreditar que eu disse isso? Bom, seja como for, é esta a roupa que eu vou usar." Tirou do armário um longo cor de creme.

Coralie tirou primeiro o *short* – estava de *lingerie* branca de algodão –, depois a blusa. Lu ficou olhando, depois virou a vista para o outro lado. Quando olhou de volta, Coralie já havia colocado o vestido pela cabeça. Ele lhe caía perfeitamente.

"O que você acha?", perguntou Coralie.

"Bonito", disse Lu.

"Pois bem, então. Me deixa declamar o poema. Ainda não tá pronto, OK? Esta é só a primeira parte."

Começou a ler. Era uma história de amor, sobre Lewis, um poema narrativo, principiando pela cena em que se conheceram. De tempos em tempos, Coralie parava para assinalar alguma escolha vocabular. O poema ia e ia. Lu sentou na beirada da poltrona. Tinha uma vista da janela. Escutava o poema e olhava pela janela.

O poema enfim terminou.

"Você gostou?", perguntou Coralie.

Lu fez que sim com a cabeça.

"Gostou, é? Gostou mesmo?"

"Gostei", respondeu Lu. Sentia muito cansaço. Levantou-se da poltrona.

"Ah, espera", disse Coralie. "Eu queria mostrar aquele vestido pra você. Ai, Jesus, eu tinha me esquecido completamente! É que eu gosto tanto de falar com você!"

Coralie voltou ao armário, enfiou a cabeça lá dentro e começou a vasculhar tudo. Pôs a cabeça de novo para fora.

"Eu sempre soube que a gente ia se dar bem uma com a outra", disse ela, e depois enfiou a cabeça de novo lá dentro. "Sabe de uma coisa?", continuou, com a cabeça reaparecendo, mas os braços ainda no armário. "A verdade é que eu quase nunca tive amizade do mesmo sexo." Esperou. "Você já?"

Lu deu de ombros e então fez que sim. "Amigas, eu tenho uma ou duas."

Coralie a olhou fixamente por um longo momento – longo demais, sentiu Lu – e então enfiou a cabeça outra vez no armário.

“Ah, tá aqui!”, disse Coralie. Tinha achado o vestido. Era azul-celeste, com saia evasê. “Vamos lá”, ela disse a Lu. “Experimenta.”

Agora Lu tinha de tirar a roupa na frente de Coralie. Esta arregalou os grandes olhos castanhos. Lu se virou para o outro lado, acanhada, tentando se esconder. Mas, quando se voltou e olhou no espelho, viu que Coralie tinha razão. O vestido ficava mesmo maravilhoso nela.

—

Aí o sonho de Tuck virou realidade. Ele estava de novo agachado junto à porta do estúdio. O avô saiu e o viu.

“Oi, homenzinho.” O avô não conseguia diferenciá--los pelos nomes. “Venha cá, eu quero lhe mostrar uma coisa.”

Voltou-se e entrou de novo no estúdio. Tuck não conseguia acreditar na própria sorte. Hesitando, seguiu o avô. Havia uma passagem estreita entre a parede e as estantes, apinhadas de coisas. Depois a gente virava e entrava no estúdio propriamente dito. Uma prancheta de desenho virada para cima, pilhas de mapas, rolos de plantas. Nas estantes havia gibis, revistas de mecânico, pastas, uma porção de ceras de esqui, uma prateleira de refinados brinquedos japoneses. As pastas de arquivo eram repletas de recortes de jornais e revistas e estavam rotuladas por projeto – teleférico de esqui, arroz irrigado, neve. Desde sempre, Tuck sabia que se tratava de um reino encantado. Agora podia comprovar por si mesmo.

O avô estava ajoelhado, mexendo e remexendo no que parecia uma miniatura de máquina.

Tuck também se ajoelhou. Estava ciente de que o avô sabia operar todo tipo de máquina. Máquina agrícola, máquina industrial. Tinha sido assim que perdera metade do dedo, cortado por uma debulhadora de trigo. O avô também era excelente esquiador – ele flutuava montanha abaixo, com os braços abertos; era famoso por causa disso, por esquiar sem bastões. E excelente velejador – sempre ganhava o prêmio na regata anual em Lenox.

Agora o avô se punha rapidamente de pé outra vez. Era assim que ele se movia. Sempre parecia ter molas nos pés.

"Vamos", disse ele.

Tuck o seguiu para fora, pegando a mesma passagem para saírem do estúdio, atravessando a cozinha – o avô surrupiou dois cubinhos da tigela de açúcar e deu um para Tuck – e indo pela porta na direção da garagem. Era lá que se recolhia a maior parte dos projetos, o casco de barco a vela, a máquina de secar feno. Para posicionar do jeitinho certo a máquina de secar feno, o avô removeria uma parede inteira do celeiro.

Mas hoje o avô estava interessado em outra coisa. "Olhe", disse. Era um dispositivo com jeito de caixa, uma versão maior daquilo em que estava mexendo no estúdio, a miniatura de máquina. "Agora vamos ver se funciona."

Lonnie estava com o conjunto de moletom e os óculos e segurava uma prancheta.

"Tudo bem, tudo bem, eu convoquei uma reunião", disse ela. Sam, Lewis e Rita estavam com ela na sala de jantar. Rita estava à mesa, comendo um prato de fígado com broto de feijão que tinha sido bastante salpicado de levedo. Lewis estava coberto da grama que acabara de cortar. Lonnie olhou para Sam. "Não, Sam, é você que deve começar. É você que deve dizer. Tudo bem, então. Eu falo."

A sala de jantar se ligava ao saguão por uma arcada larga. Agora Maeve conseguia quase ficar imóvel em cima do monociclo, só se movendo de leve para a frente e para trás. Observava do saguão. Lá vai ela de novo, sempre dando espetáculo, pensou Maeve, olhando para Lonnie.

"Quando é que a Fran chega?", perguntou Lonnie.

"Quem é que sabe?", disse Lewis. "Ela tá vindo de carro da cidade."

"Devemos esperar por ela?", perguntou Lonnie.

"Não, não, pode esquecer", disse Sam.

"E o Christopher?"

"Eu já contei pra ele", disse Sam. "Ele riu na minha cara."

"A May não vem mesmo", disse Lewis. "Há um problema lá com a família Tompkins. E depois ela vai pras ilhas Canaan."

Rita deu de ombros. "Ela anda usando as roupas mais ridículas. Vai ser estuprada num instante, tenho certeza."

Maeve se voltou, deslocando o próprio peso só um tiquinho, e se dirigiu para a biblioteca. De lá, agora fora de vista, ela ainda conseguia ouvir.

"Tudo bem", disse Lonnie, "não tem importância. A reunião é pras pessoas que estão aqui. O motivo de estarmos aqui reunidos é que, se vocês não fizerem alguma coisa agora, agora, vão acabar tendo que vender este lugar inteiro em liquidação. Isso está claro. É isso ou não é? Ninguém tá ganhando dinheiro nenhum. Então, a ideia é descobrir o que fazer. Primeiro, vamos ver tudo o que já foi tentado. Lewis?"

"Ahn. Tudo bem, é... Houve a ideia da serraria. Depois a criação de peru, o arrozal... Durante muitos anos, papai quis começar uma estação de esqui na Monument Mountain.[2] Ele fez o projeto e tudo. Isso foi antes de terem descoberto como fazer neve artificial. Ele estava muito empolgado com aquilo e fez todo tipo de experimento. Estava convicto de que dava pra fabricar neve com gelo-seco."

Lonnie ia fazendo anotações. Ela se interrompeu. "Tudo bem, mas quem foi que achou que essas coisas podiam dar dinheiro?", perguntou.

"Papai achou", respondeu Lewis. "Houve a lavoura. De mais recente, o tanque de peixes – isso é empreendimento do Chris. E as casas de aluguel."

"Ah, isso das casas é interessante", disse Lonnie.

Enquanto falavam, Christopher surgiu sub-repticiamente. "Creio que esqueceram de mencionar o projeto dos pacientes ambulatoriais."

"Ah, é", disse Lewis. "Esse projeto era de mamãe."

"Hum", disse Rita.

"Ficamos muito felizes que você tenha vindo, Christopher", disse Lonnie.

Christopher não deu atenção a isso. "Quando mamãe ficou sabendo quanto estavam pagando para ser internados, ela enfiou na cabeça de dar pensão para os pacientes

---

2. Uma elevação na reserva ecológica de mesmo nome. Fica no oeste de Massachusetts, tem 530 metros de altura e não é naturalmente nevada. (N. T.)

ambulatoriais do Instituto Psiquiátrico Warren, logo ali adiante na estrada. É um lugar *très chic*."

"E isso deu em quê?", perguntou Lonnie.

"Ih-ih-ih. Houve alguns resultados interessantes – a Coralie, por exemplo. E a May, nossa irmã mais velha, casou com outro desses pacientes. Foi o primeiro casamento dela. Uma pena que o marido tenha tentado esganá-la."

"Ahn-ahn. E em matéria de lucro...?"

Todo o mundo olhou para Rita.

"Hum", disse ela. "Eu tenho os valores em algum lugar por aí."

Assim como em todo galgo inglês quando fica velho, as patas traseiras de Milton estavam fracas. Ele estava bem visível no saguão. As patas traseiras desabaram.

"Tudo bem, vamos voltar às casas de aluguel", disse Lonnie. "São quantas?"

"Oito", respondeu Lewis.

Lonnie anotou aquilo. "Ótimo. E o aluguel é quanto?"

"Nada – ninguém paga nada", disse Christopher, e então saiu outra vez, rindo.

Lonnie insistiu. "Por que é que ninguém paga nada?"

Clyde entrou correndo na sala de jantar, precipitadamente, tropeçando e caindo em cima do cachorro e depois levantando-se como se ninguém tivesse reparado.

"Pai! Pai! Eu vi um peixe enorme!"

"É mesmo?", disse Sam.

Clyde fez que sim com a cabeça, enfaticamente. "Gigantesco!"

Lewis se ajoelhou. "Você viu, é? Viu mesmo? Era o peixe pré-histórico?" Seu rosto, em geral tão plácido, iluminou-se. Os olhos azul-claros, como os do avô de Clyde, brilhavam.

"Vi, sim!", respondeu Clyde. "Ele veio direto pra mim."

Lewis riu. "Ele faz assim mesmo. Já são vinte anos que é desse jeito. Ele vem direto pra cima da gente. Ou tá com muita fome, ou tá com muita raiva."

"Eu conheço aquele peixe", disse uma voz. Era a tia das crianças, Fran, que, acabando de chegar, estava agora em pé à porta da sala de jantar. Era uma figura espantosa. Usava *legging* listrado, minivestido com estampa de motivo animal e maria-chiquinha no cabelo ruivo e comprido. Enquanto falava, mantinha a cabeça jogada para trás, com os olhos quase fechados.

E aí, sem nenhum aviso, Fran saltou para a frente, agitando os braços abertos de um lado para o outro. "Zum!"

Clyde saltou para trás. Nem entendeu direito o que era exatamente aquilo – o peixe? Mas o gesto de Fran lhe deu uma ideia.

"Ei, você vai cantar 'Cachinhos Dourados e os três ursos'?", perguntou ele à tia.

Fran saltou para cima da mesa da sala de jantar. Começou a mover os cotovelos e a balançar as pernas. "Esta é a história de uma menina chamada Cachinhos Dourados e... os três ursos! Tchá-tchá-tchá!" Clyde olhava de olhos arregalados. Aquilo era ainda mais extraordinário do que ele se lembrava. E o melhor: a canção não parava. "Aí Cachinhos Dourados acordou, acabou com a festa e fugiu correndo dali. Tchá... tchá... tchá!"

"Putz, Fran", disse Sam, "a gente tá tentando fazer uma reunião!"

Ela pôs a cabeça para trás, e seus olhos se abriram só uma frestinha. "Ah, sei. Uma reunião a respeito do quê?"

"A respeito disto aqui, do que vai acontecer."

"Esta família está na maior merda", disse Lonnie.

"Ahn-ahn, estou vendo", disse Fran, ainda em pé sobre a mesa. "E posso saber quem é você?"

Lonnie ficou vermelha.

"Esta é a Lonnie", disse Sam.

"Ah, Lonnie, Lonnie. Ah, a sua namorada, certo. Ela está indo direto ao assunto, pelo que vejo. E, ahn, vejamos... Você é algum tipo de conselheira financeira?"

"Não", respondeu Lonnie, confusa, ainda corando. "Eu só... Bom..."

"Ela sabe do que tá falando", disse Sam. "Pelo menos ela tem uma boa ideia, coisa que esta família não tem. Quero dizer, você percebe o que papai anda fazendo?"

O adolescente, Alex, veio entrando no saguão da frente com os fones de ouvido na cabeça. Parou e olhou para a cena na sala de jantar, com Fran em cima da mesa e Lonnie segurando a prancheta. Ele tirou os fones e se inclinou para a porta para ouvir.

"Bom, imagino que ele ache que, pra começo de conversa, a fortuna é dele", disse Fran. "Pode fazer o que quiser com ela."

"Logo, logo, a fortuna terá ido toda embora", disse Rita a ninguém em especial. "Logo, logo, não terá sobrado mais nada."

"Exatamente!", disse Lonnie. "É isso mesmo. A ideia é bolar uma estratégia ou pra fazer que isso não aconteça, ou pra pensar no que vocês vão fazer quando acontecer."

Fran, com os joelhos e cotovelos salientes, desceu da mesa. "Algum de vocês já considerou a possibilidade de que o cara seja um gênio? Algum de vocês chegou a pensar nisso?"

"Oba!" Era outra vez Reb, "o engenheiro", surgindo do outro lado através da porta basculante da copa. "Escutem aí, vocês têm que sair e ver isso. Estamos com o modelo montado ao lado do tanque de peixes. É o teste número um."

Reb sumiu de novo. Alex, com a bainha das calças arrastando-se no chão, começou a segui-lo sem pressa. As outras pessoas na sala de jantar também pareciam ir naquela direção.

"Espera aí, todo o mundo", disse Lonnie, com as mãos levantadas no ar. "Vamos ouvir a nova geração. Você – você, Alex!" Alex se voltou. Lonnie lhe perguntou: "O que você acha disso tudo?".

"As pessoas dizem que o indivíduo está em extinção", respondeu Alex. "Mas eu, assim como Marx, acho que o indivíduo, o verdadeiro indivíduo, ainda não apareceu."

Fran se aproximou dele, parando bem perto. "Ah, é? E quanto a nós? E quanto a estas pessoas aqui? E quanto ao papai? Ele não é um indivíduo?"

"Não, ele não é. Ele é um tipo social completamente determinado. A política, os gostos, o autoengano – tudo nele é determinado pela classe social. Nós nem sabemos ainda que cara tem o verdadeiro indivíduo. Mal estamos começando a ver como ele é."

Alex tornou a colocar os fones de ouvido.

"E suponho que o senhor seja o primeiro indivíduo, né?", gritou Fran para ele, com as mãos nos quadris.

Ao vê-la gritar, Alex tirou os fones outra vez. "O quê?"

"Suponho que o senhor seja o primeiro indivíduo, não?", repetiu ela.

Alex sorriu. Estava de pé logo abaixo de um dos retratos, um jovem de colarinho alto de veludo que era a cara dele. "Talvez", respondeu. "Ou talvez ela seja", completou, apontando para Lonnie. Alex pôs os fones de novo.

Fran bateu o pé, enfurecida. "Que ideia péssima, péssima. Lembre-se disto, Fran: voltar pra casa é sempre péssima ideia."

—

Tinham colocado a geringonça num conjunto de tábuas com rodas e a arrastado para fora, junto ao tanque de peixes. Estava começando a escurecer. As folhas escuras da faia-vermelha farfalhavam. Aquelas plantas que se assemelhavam a plumas balançavam no fundo do tanque. O avô de Tuck se ajoelhou, mexendo na geringonça, que parecia uma pequena usina de força. Reb afastou os caniços da margem do tanque. Tuck estava perto, em pé, com o polegar enfiado na alça do cinto.

Algumas pessoas começaram a sair da casa, e uma delas era Lonnie, que caminhava entre Lewis e Sam.

"Talvez ele seja *mesmo* um gênio", disse Lonnie.

"Merda", disse Sam.

Lewis deu de ombros. "Eu gostaria de acreditar nisso. É só que algo sempre parece dar algo."

"Feito o quê?", perguntou Lonnie.

"Bom, um exemplo. O pai de papai foi minerador de ouro. Foi pro Alasca procurar ouro e aí apareceu com um plano pra exportar cavalo pra lá. Não havia cavalo no Alasca. A ideia era boa, só que ele se esqueceu de uma coisa: cavalo precisa de feno. Não havia nada pros bichos comerem. Ele os pôs num navio, levou todos pra lá, e aí os coitados foram todos morrendo de fome."

Eles se aproximaram. A geringonça estava funcionando. Pelo menos, algo estava acontecendo. Luzes piscavam. Fazia um ruído de máquina.

Walt, o avô das crianças, estava em pé, com as mãos estendidas, bem perto da máquina. Lonnie parou e o observou por um momento, visivelmente impressionada. "Ah, Walt, você é o primeiro inventor de verdade que eu fico conhecendo", disse ela, achegando-se e dando risadinha muito de leve.

Sam, aborrecido, virou-se para Rita, que estava descalça na grama. "Mamãe, por que é que você tá sem sapato?", perguntou ele.

Rita olhou para ele. Sam ficou impressionado com o aspecto que o rosto da mãe tinha naquele momento, subitamente jovem, novo.

"Já faz muito tempo que eu assumi que sou panteísta", respondeu ela.

Aí o ruído da máquina parou. Walt e Reb se debruçaram sobre aquilo. Começaram a mexer. Ligaram um interruptor.

Clyde saiu correndo da casa, parecendo perplexo. Tuck levantou um braço: "A gente tá aqui, ó!".

"O que é que é isso?", perguntou Clyde, sem fôlego, quando chegou.

Tuck tocou a geringonça. "Uma máquina de mudar a água."

No sótão, havia os vestidos de baile – os vestidos de baile! Em outros tempos, tinham dado festas naquela casa. Esta casa, pensou Lu, já ouviu muito o barulho de ruge-ruge que estes vestidos faziam. As pessoas subindo e descendo as escadas, as costas dos vestidos caindo como água na beirada de cada degrau.

—

Christopher olhou em volta, para sua família sentada à mesa de jantar. Seus olhos nadavam por trás dos óculos. Rita usava vestido roxo. Walt, camisa branca e calças pretas.

Lonnie pegou outra fatia de carne de cordeiro na travessa que estavam passando pela mesa. "É como se eles estivessem vivendo, sei lá, quatro ou cinco gerações no passado", sussurrou para Alex, o adolescente, que estava sentado ao lado dela, com os fones de ouvido pendurados no pescoço.

Coralie havia insistido em que Lu sentasse a seu lado. "Você é a única pessoa com quem eu posso conversar aqui", tinha dito. Lu havia ficado lisonjeada e também um pouco apreensiva. Agora Coralie se inclinava para dizer ao ouvido de Lu: "Lewis e eu estamos nos divorciando".

Lu, espantada, virou-se para ela. "Estão, é?" Os pais de Lu também tinham se divorciado.

Coralie riu. "Estamos, sim." Lewis, sentado em frente, levantou os olhos para elas. "Eu acabei de contar pra Lu que vamos nos divorciar", explicou Coralie. Ela se voltou outra vez para Lu. "Nós nem somos casados, mas vamos nos divorciar."

"Alguém me deu aquele livro sul-americano, *Cem anos de solidão*", disse Rita, "mas, quando cheguei à parte em que ele troca a mula pelos ímãs, não consegui mais ler."

Christopher limpou a garganta, como se estivesse irritado. "Fui eu que lhe dei esse livro", disse. Virou-se para Alex sem encará-lo. "Então, Alex, o que você pretende fazer da vida?", perguntou. "Tem alguma vontade de escrever?"

"Não em especial", disse Alex.

Christopher não deu atenção à resposta. Estava claro que Alex queria escrever. Todo o mundo na família queria escrever.

"Você leu Shakespeare todinho?", perguntou Christopher.

Alex deu de ombros. "Umas coisas."

"Oh, oh, oh, você tem que ler Shakespeare! Ou pelo menos as principais peças. *Rei Lear* – você leu? Essa você deve ter lido. E *Hamlet*?"

Christopher continuou desfiando as peças de Shakespeare. As lentes de seus óculos eram grossas. Estava vestido como sempre, do mesmo jeito que o pai, calças pretas e camisa branca. O cabelo era penteado para trás e terminava em cachos no pescoço.

"E quanto aos russos? Você deve ter lido os russos." Ele passou a falar dos russos. Perguntou a Alex sobre *Os irmãos Karamazov*. "Você não leu *Os irmãos Karamazov*? Oh, oh, oh." Seria gagueira aquela repetição? "Bem, sim, é verdade que *Os irmãos Karamazov* é um livro de dar medo." Riu e olhou para os outros à mesa. "Faz a gente querer se matar. Ou pelo menos matar alguém."

"Eu realmente não suporto", disse Fran, interrompendo. "Em todo lugar aonde vou em Nova York, as pessoas acham que sou estrela de cinema. Aconteceu de novo outro dia. As pessoas paravam na rua e olhavam pra mim. E os taxistas também. Não posso nem pegar táxi. Todos eles querem ir pra cama comigo."

"Ah", Rita murmurou, olhando para o próprio prato.

"Mas pelo menos cheguei a uma conclusão", continuou Fran. "Resolvi que, em matéria de homem, eu só gosto mesmo é de negro."

Rita se levantou.

"Mamãe, aonde você vai?", perguntou Sam.

"Eu esqueci de regar a abobreira", respondeu Rita.

Sam olhou para Lonnie, que retribuiu olhando duro para ele. "Não, não, mamãe, você tem que ficar", disse Sam.

Christopher acendeu um cigarro e se recostou. Nenhum outro tinha permissão para fumar naquela casa, só ele mesmo, porque alguma coisa tinha dado errado, porque ele morava num barraco no meio do mato. "Sabe", disse Christopher, dando uma tragada, "existem alguns indícios de que esta família descende de Alexandre, o Grande." Por um momento, todos pararam para ouvir.

"E isso só pode significar", comentou Alex, "que nós, em algum ponto da linhagem, descendemos de Aquiles." Fez uma pausa, sorrindo de leve.

"Por quê?", perguntou Fran.

"Porque Alexandre, o Grande, dizia descender de Aquiles."

Por um instante, todos prenderam a respiração, sabendo que era um absurdo, mas meio que acreditando.

"Walt", disse Lonnie, virando-se toda coquete para ele e quebrando o encanto, "acho que os seus filhos querem conversar com você."

Lonnie olhou para Sam. Este, embora se voltasse como se fosse falar a todos na mesa, conteve-se. Abriu a boca, mas era óbvio que ia gaguejar. Ainda que a boca estivesse aberta, não saiu nada dali.

Então Lonnie, observando, resolveu falar ela mesma. "Walt, todos nós amamos e admiramos muito você, mas temos algo pra lhe dizer. A sua família acha que você precisa ser declarado incapaz. Eles precisam tirar o dinheiro das suas mãos."

Fez-se um silêncio. Walt, verdadeiramente surpreso, deu uma olhada para Rita. Ela olhou para baixo. Ele olhou para os outros. Tuck não aguentou e afundou de joelhos para baixo da mesa.

De repente, Christopher riu. "Genial, simplesmente genial", disse. "Que absurdo."

Mas Lonnie insistiu. "Senão não vai sobrar nada pra eles, entende?"

"Ela tem razão, papai!", explodiu Sam. "Você sabe que ela tem razão. Eu, por exemplo, vou querer me desfazer da minha parte. Estou lhes dizendo isto agora. Uma hora, vou acabar querendo me desfazer dela. E a May também vai. Como é que o resto de vocês vai comprar a nossa parte?"

"Os invernos são tão longos e escuros!", disse Rita. "Eu me sinto como se tivesse morado aqui a minha vida inteira. Mas não morei."

"Ok, tudo bem, Sam", disse Lonnie, com as mãos erguidas junto ao rosto. "Uma coisa de cada vez."

"Não, a realidade é essa", disse Sam, olhando em volta.

"Então você tá dizendo que vai exigir a sua parte da casa de mamãe e papai?", perguntou Fran, o queixo desafiadoramente erguido.

"Não, não. É claro que isso seria só depois que eles não estivessem mais conosco."

"Não estou preocupada com a outra vida", murmurou Rita. "Só quero atravessar esta aqui do jeito menos desagradável possível."

Fran, alarmada, olhou para o prato de Rita. Ali, em vez da carne de cordeiro que os outros estavam comendo, havia um montinho de grãos de soja. "Mamãe, o que é que você tá comendo? Por que é que tá comendo essa coisa?"

Coralie se levantou, tirando uma vela do castiçal. "Aujourd'hui, maman est morte. Ou peut-être hier, je ne sais pas. J'ai reçu un télégramme de l'asile." (Mamãe morreu hoje. Ou talvez ontem, não sei bem. Recebi um telegrama do asilo.) Lewis se mexeu para detê-la. Coralie interpôs a mão entre eles. "Espera, espera, me deixa terminar", disse com voz suplicante, completamente diversa daquela que tinha acabado de usar para recitar. "Na escola, nós decoramos a primeira parte inteira." Foi em frente: "Mère décédée. Enterrement demain. Sentiments distingués." (Sua mãe faleceu. Enterro amanhã. Sentidos pêsames.)

Fran tombou a cabeça para trás, com os olhos fechados, e deixou sair pela boca aberta uma risada muda.

"Você gostaram?", perguntou Coralie. "É o comecinho de *L'étranger*.[3] Vocês conhecem?"

Christopher, irritado, levantou-se. "Só vão vender esta casa por cima do meu cadáver", disse. Todos olharam para ele, surpresos. Ninguém havia imaginado que ele sequer se importasse.

Reb entrou correndo pela porta basculante da copa. "Pessoal, escutem – a máquina está com problemas. Acho que a desgraçada tá afundando no tanque dos peixes!"

Walt se levantou de um salto. Tuck saiu todo atrapalhado de baixo da mesa e correu atrás do avô.

---

3. *O estrangeiro* (1942), o romance de Albert Camus. (N. T.)

Milton, o cachorro, quis segui-los. Tentou se levantar, caiu, tentou de novo, caiu.

"Vocês vão perder tudo!", gritou Lonnie.

Fran se virou para ela. "Seja como for", disse Fran, "o que é que você tem com isso?"

—

As crianças estavam se preparando para ir para a cama. A avó dormia no fim do corredor, perto do quarto delas. Em suas cabeças, o quarto da avó era todo roxo e cor de alfazema, cheio de vapores. Não tinham entrado lá muitas vezes, talvez uma apenas. Debaixo das janelas, a avó tinha o colchão de água. Lembravam-se da sensação de rolarem nele, com os montinhos de água subindo e caindo como ondas, as janelas embaçadas, as paredes roxas.

O avô dormia no térreo, num quartinho perto da cozinha, sem nada de mais, ficando no que parecia uma cama de hospital. Tinha acabado de se mudar lá para baixo quando o colchão de água chegou. Mas não foi só por isso que ele se mudou.

—

Maeve sentou junto à janela aberta. Lu, a bochecha com a verruguinha voltada para cima, estava lá na cama que as duas dividiam. Clyde tinha se enrodilhado na *chaise longue*. Tuck estava no canto do quarto, deitado na cama de solteiro. Maeve olhou para fora. Via a geringonça lá no tanque dos peixes, esperando, curvada, meio submersa. Maeve visualizou a flor que tinha visto de dia na horta, debaixo da abobreira, com as bordas onduladas como concha de vieira e a corola pálida como fantasma. Ficou imaginando se a flor se fechava à noite.

Ah, a noite! Como era suave, deliciosa e escura! O ar frio e úmido, o luar iluminando tudo. Maeve tinha vontade de atravessar sem rumo o quintal, ao luar. Ou de descer a estrada e atravessar os campos de baixo. Ou de subir a estrada da montanha. A terra se estende sem fim. Por toda parte, há barracos, celeiros, casas, cabanas de toras, brejos, matas, campos e a grande corcunda da montanha. Não, há coisas demais. A gente teria que voar por cima delas. Se ao menos a gente pudesse voar ao luar...

Maeve fez uma pausa. Pareceu-lhe ter escutado alguma coisa, uma respiração, um suspiro. O que tinha sido aquilo? Inclinou-se para fora da janela e tentou escutar mais. Era a água do tanque de peixes que estava batendo? Era o vento que batia nos pinheiros? Como se o mundo todo estivesse deixando escapar um último suspiro.

ARRUMANDO-SE

"Bem a tempo dos aperitivos!", diz vovó, a mãe da nossa mãe, claramente exasperada. Ela vem ao nosso encontro na entrada de carros. Éramos aguardados para o almoço, e já é quase hora de jantar. Nossa avó está vestida com seu guarda-roupa esporte fino – calças brancas, *chemise* de seda, sandálias douradas, joias. Agora, após beijos apenas protocolares de boas-vindas (ela está irritada) e a mais sumária avaliação do namorado da nossa mãe enquanto ele sai do carro (o homem é enorme, fazendo nossa avó parecer nanica, e muito cabeludo e barbudo), ela já está voltando para dentro. "Tenho um convidado!", explica. Seu andar é um pouco vacilante. Ela separa os pés um pouco demais. "É rico!", diz por sobre o ombro. "E recém-divorciado!"

Nossa mãe, com o olhar já mais enviesado que de costume, ocupa-se em descarregar as malas. Nós, as quatro crianças, saímos atabalhoadamente do carro. Clyde, o cabelo suado grudado ao rosto, cambaleia. Ele estava dormindo. Lu está com dor de cabeça porque vinha tentando ler. Aperta a palma da mão contra a têmpora. Tuck e eu brincávamos de socar as mãos um do outro, e agora estamos os dois com elas machucadas. Cada um carregando uma mala, zanzamos até entrar.

Visitamos nossa avó duas vezes ao ano, uma no inverno, a outra no verão. Esta, na metade de julho, é nossa visita de verão. A casa da nossa avó em Long Island é plana e térrea, tendo piso de ladrilhos vermelhos e estando dividida em uma parte para os adultos e outra para as crianças. Nessa última, há dois quartos mobiliados com camas de solteiro ou beliche, sobre os quais estão penduradas gravuras de homens brancos perseguindo índios, ou o contrário. Lu e eu, as mais velhas, sempre pegamos o quarto que tem as camas de solteiro cobertas com lençóis listrados de azul e branco. Já Tuck e Clyde ficam no beliche.

Para o jantar com convidados na casa da nossa avó, temos sempre que nos arrumar. É de longe o evento mais elegante das nossas vidas. Lu e eu abrimos nossas malas e tiramos de lá a nossa melhor roupa. Nossa mãe também sempre traz sua melhor roupa, mas, ainda assim, é roupa de hippie. Com nossa avó, ela fica sempre entre a obediência e a rebeldia. Será que Chester, o namorado da nossa mãe, vai trocar de roupa? Nunca o vimos com nada diferente daquilo com que está agora: *jeans*, camiseta e bota de amarrar. Ele usa rabo de cavalo. Nós o vimos pela primeira vez quando discursava em manifestações antinucleares, nas quais o apresentaram como dr. Kemp. Mesmo agora, quando o ouvimos falar com a voz cheia e baixa que sai de sua barba, ele parece estar ao microfone.

Ponho meu vestido e minhas sandálias. Lu faz o mesmo. Nós nos olhamos no espelho. Como sempre, estamos preocupadas com a possibilidade de que nossa avó nos ache encardidas, ou malcriadas, ou malvestidas.

Um degrau leva à parte da casa onde reinam os adultos: a sala de jantar, com sua decoração fulgurante; a sala de estar; os quartos mais para o fundo. A cozinha fica escondida, desprezada, como num restaurante. Nunca vamos lá. Os aperitivos são servidos na sala de estar. Tudo é brilhoso e polido: a mesa de coquetel, o carrinho de bebidas. Nossa avó não tem coisas particularmente valiosas. O que ela não tolera são lascas e manchas. Qualquer coisa lascada ou manchada é logo jogada fora. Dois elefantes de porcelana ficam junto à lareira. Pelas janelas da sala de estar, dá para olhar para fora e ver a piscina em forma de rim. O canil, ao lado da piscina, está cheio de cães de caça malhados.

Ajoelhados no chão, vestidos com nossa melhor roupa, engolimos todos os petiscos – carninha enrolada no *bacon*, enroladinho de salsicha, coquetel de camarão, vôngole na meia concha.

"Meu Deus!", diz nossa avó com seu sotaque do Médio Atlântico,[4] tendo olhado para outra coisa e então deparado com nossos pratos vazios. Como sempre, está horrorizada com nosso apetite.

Nossa mãe e o namorado estão sentados no sofá. Nossa mãe usa um vestido índio com franjas. Chester botou camisa social. Ele não bebe, só fuma maconha – cultiva suas próprias plantas. Mesmo assim, está tomando gim-tônica. Nossa mãe também está tomando um. Eu, após ter admirado as esguias sandálias douradas de nossa avó, olho de repente para baixo e vejo os pés da nossa mãe, com as unhas sujas de terra do trabalho na horta. Ergo depressa o olhar para o rosto da nossa avó. Será que ela também viu aquilo?

Nossa avó acende um cigarro.

"O Alec foi astro dos esportes em Princeton", diz ela, referindo-se ao seu convidado.

---

4. Região dos EUA que não tem contornos muitos precisos, mas na qual se costuma incluir o Delaware, Maryland, Nova Jersey, a Pensilvânia, o Distrito de Columbia e, às vezes, Nova York e a Virgínia Ocidental. (N. T.)

Alec ri. Tem nariz retinho, perfeitamente proporcionado. É charmoso, do jeito que nossa avó gosta, um homem que toma aperitivos finos, usa roupa limpa e bem passada, penteia para trás o cabelo empastado. "Não é bem assim", diz ele.

O olhar enviesado de nossa mãe é apenas educado. Sabemos, é claro, que ela nunca, nem em um milhão de anos, gostaria daquele homem. Mas nossa avó não enxerga isso.

Chester se inclina para a frente, tomando um gole longo e abrupto da bebida que ele não quer.

Isso me dá uma ideia. "Vó", digo, "dá pra gente tomar Shirley Temple?" Foi ela quem nos apresentou ao coquetel Shirley Temple.

"É claro, meu amor. Alec, faça uns Shirley Temples para as crianças."

Alec se levanta rapidamente para atender ao pedido.

"Estávamos falando do Jockey Club quando você chegou, Faye", diz nossa avó. "Parece que o Roger, aquele seu antigo namorado, estava tentando entrar."

"É claro que não deixamos", diz Alec. Ele está em pé em frente ao carrinho de bebidas, de costas para nós, preparando os coquetéis.

"E por que não?", pergunta nossa mãe.

"Bom", diz Alec, virando-se, "para começo de conversa, ele é ativista."

"Ativista?", diz nossa mãe. Ela ri. "Desde quando o Roger é ativista?" Vira-se para Chester: "Você precisava conhecer esse cara".

"Ah, está certo", diz Alec, dirigindo-se a Chester como se estivesse ligeiramente embaraçado. "Porque você, pelo que sei, é que é ativista de verdade."

Chester sorri, divertindo-se de um jeito seco.

"O Chester também faz pesquisa", diz nossa mãe. "Ele é químico da radiação." Não fica claro o que ela quer dizer, aonde quer chegar com aquilo. Parece irritada, distraída, como se ela própria não soubesse o que quer.

"É mesmo? Que tipo de pesquisa?", pergunta Alec, distribuindo os Shirley Temples. Eu como minha cereja logo de cara. Lu afunda a dela no coquetel, fazendo a taça ficar toda cor-de-rosa.

"Testes de radiação. Estudamos os efeitos da radiação, mesmo a de baixa intensidade, na função tireoidiana e no desenvolvimento mental. Os resultados são inquestionáveis, sem mencionar as taxas mais altas de mortalidade infantil, aborto espontâneo e óbito por câncer nas áreas ao redor de usinas nucleares."

"Meu Deus." Nossa avó acha profundamente chato tudo o que tenha relação com estudo ou vida acadêmica. Ela estende a taça para Alec. A bebida dela é Bullshot: caldo de carne, molho inglês, vodca e limão. Alec está bebendo o mesmo. Ainda junto ao carrinho, ele torna a completar as taças dos dois.

"Nem estamos falando de acidentes aqui", Chester continua. "Isso já é outra história. Mas é claro que acobertam tudo. Os números que o governo ficou martelando depois do que aconteceu em Three Mile Island estavam completamente fora da realidade."

"Elas saíram da escola", diz nossa avó a Alec, fazendo um juízo implícito mas claro. "Faye tirou as crianças de lá."

Na realidade, foi Chester quem chegou na metade do dia para nos tirar da escola. Ele disse que tinha havido um acidente numa usina nuclear não muito longe e que precisávamos sair dali depressa.[5] Em casa, nossa mãe nos mandou colocar nas malas algumas coisas de que realmente gostávamos, porque talvez nunca mais voltássemos.

"E por que não?", perguntou Lu. Naquele dia, por acaso, ela estava usando a camiseta do NÃO À ENERGIA NUCLEAR.

"Porque não sabemos o que vai acontecer", respondeu nossa mãe. "Vamos simplesmente ver no que dá."

Eu não conseguia pensar no que levar. Olhei para as coisas que tinha. Meu terrário? Meus cactos? Coloquei na mala umas pedras polidas. Não ocupavam muito espaço. Eu conseguia segurar todas as quatro pedras na palma da mão.

Foi uma partida apressada. Em uma hora, tínhamos ido embora.

"Prendam a respiração", disse Lu quando nos dirigíamos para o carro.

"Por quê?", perguntei.

"Porque agora o ar é tóxico."

Segurei a respiração entre a porta da frente e o carro.

Dirigimos para o sul com nossa mãe. Chester, não confiando nos medidores oficiais, ficou para trás para fazer medições de radiação lá onde o vento soprava da usina. Ele se juntaria a nós quando terminasse. A paisagem não era familiar: Maryland, campos verdes onde pastavam cavalos, cercas brancas, a Virgínia. Enquanto rodávamos, mantínhamos o rádio ligado para ter notícias do acidente.

---

5. O próprio acidente de Three Mile Island, na Pensilvânia, que ocorreu em março de 1979. (N. T.)

“Por que as outras crianças da escola também não estão saindo?”, perguntou Tuck.

“Porque elas não sabem”, disse nossa mãe. “Ninguém sabe a verdade. O governo sempre mente sobre essas coisas.” Ela estava no banco do passageiro. Olhou para o outro lado e depois tornou a olhar para nós. “Mas tudo também pode estar bem.”

Rodamos o dia inteiro. Ao entardecer, já tínhamos chegado ao Tennessee. Paramos numa cidadezinha aos pés dos montes Blue Ridge, nos registramos num hotel de beira de estrada e fomos comer num restaurante. Ali, acima do balcão, havia uma fileira de cabeças de cervo com as galhadas completas.

Dormimos todos num só quarto do hotel, nossa mãe e Lu na cama, o resto no chão, em nossos sacos de dormir. De manhã, quando saímos, vimos que havia uma piscina de plástico no estacionamento, com escorregador alto e curvo. Na noite anterior, no escuro, não a tínhamos percebido. Lu, Tuck e eu fomos dar uma olhada, mas não havia água na piscina. Os lados estavam cobertos de folhas marrons caídas que tinham se grudado ali.

Os dias passaram devagar. Com a piscina vazia, não tínhamos muito o que fazer no hotel. Na frente, havia um estacionamento e a estrada. Atrás, uma cerca e, atrás dela, uma construção de tijolinho. Se a gente desse a volta, veria que essa construção abrigava uma loja de calçado esportivo e uma de bebidas. Fazíamos hora no estacionamento do hotel. Jogávamos cartas. Nossa mãe ligou para Chester para dizer onde estávamos. Ela ouvia o rádio e assistia aos noticiários na TV do hotel. Era engraçado ver nossa mãe diante da TV. Não tínhamos TV em casa. Nós, as crianças, também assistíamos, hipnotizados. Mas quase não havia mais notícias do acidente.

Uma semana depois, Chester se juntou a nós. Ele mesmo devia ter aparecido na TV logo depois do acidente, mas cancelaram no último minuto, quando descobriram o que ele pretendia dizer. Chester fez muitos telefonemas do quarto do hotel. Estavam planejando a próxima grande manifestação antinuclear, e ele ia discursar.

Falamos com nosso pai pelo telefone. Nossa mãe nos levou para colher flores silvestres nas montanhas. Um guia nos contou tudo sobre as flores de montanha. Sentíamos falta da escola. Eu me preocupava com as provas que não estava fazendo e com os prêmios que agora não ganharia nunca mais. À noite, deitada no meu saco de dormir sem conseguir pegar no sono, pensei na nossa casa encravada lá no morro, vazia, com as janelas arregalando os olhos para fora. As árvores em volta estavam todas mortas, e o riacho ali embaixo, seco e pardacento.

Só que, quando enfim voltamos, ainda estava tudo vivo. O riacho corria, agitado, e as macieiras estavam em flor. O perfume das flores era mais doce do que nunca. Mas estariam contaminadas? Poderíamos comer as frutas? Caminhei por lá, observando, sem tocar nas coisas.

Nossa avó se volta para Lu: "Quanto tempo vocês ficaram longe da escola?".

Mas Lu não se abala. Está do lado da nossa mãe e dá de ombros. Nossa avó, aborrecida, vira-se para mim.

"Três semanas", respondo.

"Três semanas!", ela proclama, triunfante.

"Não houve algum alarmismo nisso tudo?", pergunta Alec.

"Bem, na realidade, não", diz Chester. "Não se você soubesse o que realmente estava acontecendo." Começa a recitar números. Parece um gigante, imperturbável. Sua voz é grave, distante, como se ele estivesse outra vez falando a multidões. Os petiscos acabaram. Lá fora, no escuro, a piscina brilha. Ela tem luzes no fundo. Eu me imagino pulando nela, do jeito que os jatos de água fluem para nós abaixo da superfície. Estaria frio, mas não frio demais. Seria ótimo sair da nossa roupa de festa.

—

"Agora, Clyde", pergunta nossa avó, "me diga: qual é o seu prato predileto?" Passamos para a sala de jantar. A mesa é de madeira escura muito polida. Por baixo do brilho do lustra-móveis, dá para ver os nós da madeira. Os talheres de prata ficam pesados na nossa mão. "Vamos começar com a entrada." Embora a comida que ela serve seja suculenta e deliciosa – na entrada, caranguejo, mais linguado com batata na manteiga –, nossa avó não come quase nada: um ovo cozido no almoço, umas mordiscadas no jantar. "Você pode escolher tanto carne quanto peixe." Clyde não sabe do que ela está falando. "E depois a sobremesa." Ouvimos dizer que nossa avó não come sobremesa faz mais de trinta anos. Nossa mãe nos conta que antigamente, quando estava crescendo, nossa avó era cheinha. Mas depois nossa avó, com a mesma inflexível obstinação com que mantém suas opiniões, resolveu nunca mais ser "gorda".

"Costeleta de porco", diz Clyde.

Lu começa a rir.

"Ah, um homem que gosta de carne", diz Alec. "Parabéns." Alec parece estar bêbado. Tem suor na testa.

Tanto ele quanto nossa avó trouxeram suas bebidas para a mesa.

Nossa avó se vira para nossa mãe. “Então, Faye querida, fale sobre a construção. Faye está fazendo uma ampliação maravilhosa na casa”, explica a Alec. “Faz anos que ela mora num lugar onde o chão da cozinha é de terra. De terra! Você consegue imaginar uma coisa dessas? Se a gente deixa cair um ovo, acabou. Não há nada a fazer senão esfregá-lo na terra.” Ela esfrega a sandália dourada no chão, traçando um círculo.

“Eu realmente gosto do campo”, diz Alec a nossa mãe. “Eu também tenho uma casa no interior.”

“Tem, é?”, pergunta nossa mãe.

“Tenho, sim! Gosto de caminhar e de atirar. Tenho um estande de tiro lá.”

“O senhor caça?”, pergunta nossa mãe.

“Não, não muito. Mas gosto de atirar.”

“Isso é maravilhoso”, diz nossa avó.

Nossa mãe insiste: “E é maravilhoso por quê?”.

“Bem, porque atirar é maravilhoso, é claro!”, diz nossa avó. “Todo o mundo deveria saber atirar.”

Nossa avó tem essas regras implacáveis. Todo o mundo deveria beber. Mulher deveria casar com homem rico. Todo o mundo deveria saber atirar. Às vezes, de tarde, ela nos leva para dar tiros em pombos de cerâmica. Usa calças castanho-amareladas com pedaços de couro costurados na frente. Lá em pé, com o cabelo louro puxado para trás dentro de uma faixa, ela olha pela mira do fuzil, forçando uma das vistas, e dispara. Ou então nos leva às corridas de cavalo, em que apostamos. Uma vez a cada visita, nós a acompanhamos ao joalheiro. Damos uma olhada no quintal ao lado da piscina para ver se nossa mãe quer vir.

Mas ela não está interessada. Ela nunca usa joias, mesmo. Estamos todos arrumados, o melhor que podemos, para sair com nossa avó. "Até logo, Faye", diz ela, alto. O que nossa mãe está fazendo? Estará cavoucando as plantas? Estará pintando? Já que montou o cavalete, deve estar pintando. Suas mãos estão sujas. Usa *short* recortado. Está com tinta nas pernas. Na nossa vida normal, nossa mãe se veste sempre daquele jeito e está sempre lá fora trabalhando com as mãos. Mas agora nós, em pé junto à porta de vidro, olhamos para nossa mãe com o mesmo olhar implacável da nossa avó. Por que ela não se limpa e veste uma roupa decente? É constrangedor. O que é que ela, portando-se desse jeito, está pensando?

O carro da nossa avó é verde-escuro e reluzente, com monogramas nas portas. Depois que chegamos ao centro da cidade, nós a seguimos, *tap-tap*, pela calçada. Ela está usando calças lindamente talhadas e sapatos baixos. Está bronzeada – ela sempre parece estar bronzeada – e cheira a perfume. Ela nos permite escolher algo, uma pedra para pingente, nada muito precioso, ou talvez um relógio. Então a seguimos de volta pela calçada, *tap-tap*, até o carro.

Estamos terminando a *mousse* de chocolate. Conversam sobre o casório da nossa tia, irmã da nossa mãe, ao qual todos fomos mais ou menos um mês antes. Era a segunda vez que ela casava. "Por que eles não podiam ter uma cerimônia normal?", pergunta nossa avó. "Por quê, hein? Um casamento normal, com um lindo bolo branco."

O casamento foi do lado de fora, e nossa mãe fez as vezes de padre. Ficou em pé, com dois caniços altos fincados no chão dos dois lados. Aí todos sentaram num círculo no chão. Um músico tocou cítara. Uma mulher de vestido verde, a melhor amiga da nossa tia, cantou.

Nossa mãe se enrijece. Não diz nada de cara. Então, solta: "Porque eles não queriam isso, mamãe".

Nossa avó olha para ela como se não entendesse. Olhos vazios, de criança. A coisa é incompreensível para ela.

Chester está quieto. É o que acontece quando ele começa a ficar de mau humor. Chester tem um humor seco quando se sente bem, mas fica calado quando está de mau humor. Aí, ele se enterra cada vez mais fundo, muitas vezes sem falar nada durante dias. Nossa mãe fica longe dele e nos manda fazer o mesmo.

Nossa avó se vira para Alec: "E aí serviram uma massa".

"E o que há de errado com massa?", pergunta Alec, já divertindo-se.

Nossa avó toma outro gole. Ela está com aquele brilho no olhar. É quando começa a ficar muito abusada. "O que há de errado?! O que é que é massa? É só farinha e água! É, isso mesmo – só farinha e água!"

Alec ri, gostando daquilo.

Chester levanta-se da mesa. "Com licença", diz ele, e retira-se.

Alec se volta e sorri para nossa mãe, levantando a taça. "Ah, o rosto que lançou mil navios ao mar", diz.[6]

Nossa mãe está envaidecida. Ela não consegue evitar. Cresceu numa casa de meninas – o pai morreu novo –, e toda a atenção que receber de homem é pouca.

"Você precisa ver o trabalho da Faye", diz nossa avó. "Ela pinta maravilhosamente bem."

---

6. Alusão a Helena de Troia, arquétipo da beleza feminina. A frase é do dramaturgo elisabetano Christopher Marlowe (1564-1593). (N. T.)

Mas o que nossa mãe nunca fará será agradar à mãe dela. Levanta-se abruptamente para lavar os pratos.

"Não, não, Faye, deixe para lá", diz nossa avó.

Venho de novo pensando na piscina. Posso ver que Tuck e Lu também estão de olho nela. Agora Tuck faz a pergunta que está em todas as nossas cabeças: "Mamãe, podemos ir nadar?".

De volta aos nossos quartos, arrancamos a roupa de festa o mais rápido que conseguimos e botamos traje de banho. Correndo uns contra os outros, atravessamos a casa voando, saímos pelas portas de vidro deslizantes e pulamos na piscina. Os jatos ao longo das laterais soltam borbulhas prateadas. A água está azul, brilhante, deliciosamente fresca. Tuck e Clyde brincam com os jatos. Lu gosta de mergulhar e deslizar rente ao fundo.

Logo estamos nos revezando, saindo da piscina, correndo e dando mergulhos ou saltos de diferentes tipos. Passo por trás de uma moita baixa, pensando em acrescentar uma variação: vou pular sobre a moita e só então mergulhar. Mas há alguma coisa ali no escuro, um vulto comprido na grama. É uma pessoa, Chester, deitado. Está fumando um baseado, olhando para o céu. Vira a cabeça, me vê, mas não diz nada. Eu também não digo nada.

Um pouco depois, nossa avó e Alec saem da casa, com outra bebida nas mãos. Nossa avó, ao que parece, está com a corda toda.

"Charles Manson era símbolo sexual – é claro que era!"

Alec se delicia. "Mas francamente, Rosie, como é que você pode dizer uma coisa dessas?"

"Mas não é óbvio? É só olhar as garotas lindas que ele tinha."

Alec, rindo furtivamente, vai urinar na moita, cambaleando.

Nossa mãe sai também e olha em volta, procurando Chester. Ela grita o nome dele.

De repente, Chester se levanta, bem perto de onde Alec está urinando (vejo seu vulto escuro e muito alto) e, silenciosa e furiosamente, afasta-se.

Nossa mãe começa a segui-lo, mas Alec, voltando, lhe corta o caminho. Com a camisa para fora das calças, de pé nas lajes que ficam em volta da piscina, ele dá uns passinhos de dança na frente da nossa mãe. "Sou Fred Astaire – aquele do um pra lá, dois pra lá", diz ele.

Nossa avó ri, com o corpo inteiro cedendo por completo, de um jeito encantador, o mesmo da nossa mãe quando ri. Mas agora nossa mãe não está rindo. Parece confusa. É como se ela não pudesse se dar ao luxo de brincar. Ela quer um mundo onde as coisas tenham algum significado.

O ar da noite esfriou.

"Vou pedir", Lu me diz, tremendo. Ao lado dela, Clyde se agarra à beira da piscina, batendo os dentes.

Nossa avó e Alec estão agora sentados a uma mesa de ferro, sobre as lajes. Lu se ergue da água e vai até eles.

"Ah, o rosto que lançou mil navios ao mar", diz Alec quando Lu chega.

"Vó", diz Lu, não dando atenção a ele, "será que podemos tomar banho?"

"Mas é claro, querida", responde nossa avó.

Nós quatro, pingando e tremendo, seguimos nossa avó para dentro de casa. Ela anda à frente de um jeito desengonçado, separando bem os pés. Passamos pela cozinha, depois pelos quartos, adentrando cada vez mais a ala dos adultos. Na ponta está o banheiro, de azulejo cor de salmão – o lugar onde, na nossa cabeça, acontece toda a misteriosa e glamorosa mágica desta casa. Metade dele consiste na banheira, enorme, dessas de entrar andando, quadrada e funda. Nós quatro, juntos, cabemos facilmente dentro dela. Num balcão abaixo do espelho, estão frascos de perfume de diferentes formatos, contendo líquidos de diferentes tons de dourado: Mary Chess ("Francês", diz nossa avó, segurando o frasco, "muito difícil de achar"), Opium, Chanel nº 5. Do lado há um bidê, que nos fascina. Mais tarde, depois que nossa avó sair, vamos brincar com ele, fazendo que jorre água para cima, naquela explosão repentina de frescor entre nossas pernas. Numa das paredes, estão penduradas camisolas brancas de renda – dúzias, ao que parece – ensopadas de perfume. Nossa avó enche a banheira e derrama sais de espuma lá dentro. Ela se vira e pega duas camisolas. "Aqui, meninas – estas são para vocês."

—

Mais tarde, encharcadas após horas na piscina e outra longa hora na banheira, tontas com o cheiro das nossas camisolas ensopadas de perfume, os estômagos cheios de comida suculenta, Lu e eu deitamos nas nossas camas com as gravuras dos brancos perseguindo índios penduradas acima de nós na parede.

Nossa mãe chega no seu vestido de franjas. A lâmpada está apagada, mas vem luz do corredor. Chester já foi para a cama. Ao fundo, ainda ouvimos a voz de Alec, outra vez junto à piscina: "Joga com a esquerda no canto direito". Nossa mãe senta. Está prestes a dizer alguma coisa, mas nisto ouvimos nossa avó no corredor.

“Faye, você está aí?”

Nossa mãe hesita durante um segundinho. “É, estou sim, mãe.”

Nossa avó aparece na porta do quarto. “Ah”, diz ela. Fica ali também um segundinho, cambaleante, sem jeito, como se fosse entrar, mas ninguém a convida. “Está tudo bem?”, pergunta.

“É, é, tudo bem”, responde nossa mãe.

“Então tá.” Nossa avó, hesitando, se volta para ir embora.

Nossa mãe espera um pouquinho. Rígida em seu vestido de índia, sentada como uma menininha na beira da minha cama, mas olhando para Lu e falando mesmo é com esta. “Ela nunca tenta entender a gente”, diz nossa mãe. “Por que é que ela nunca tenta entender a gente?”

ESGUEIRANDO-SE

Nosso pai dá uma circulada para ter certeza de que tudo – coisas que ele mesmo instalou – ainda está funcionando. O encanamento congelou? A chaminé está puxando bem?

"Pai! Pai!", gritamos Lu e eu, em pé junto ao carro. Sabemos que nossa mãe não gosta de ter nosso pai por perto, ainda mais agora que o namorado dela vem tanto aqui. É inverno. Estamos muito agasalhadas, e a respiração de Lu fica branca no ar. Tuck ainda está na varanda, calçando as botas. Clyde, no carro, põe a língua na janela, onde o gelo formou motivos florais.

"Tá bom, tá bom, tá bom!", diz nosso pai, subindo a ladeira de novo, pela beira da rua, e andando rápido. Ele não usa boné, gorro nem chapéu, só uma faixa enrolada na cabeça, cobrindo as orelhas. "Malditas crianças – elas botam mesmo a gente na linha!"

Nós quatro nos amontoamos no carro marrom, rebaixado. Tão logo partimos, nosso pai começa a falar. É sempre assim. É como se ele não tivesse dito palavra desde a última vez em que o vimos. Será que conversa com mais alguém além de nós? Não sabemos. Não conseguimos imaginar.

"Outro dia eu estava deitado na cama, pensando na vida", diz ele. "E me dei conta de que a coisa mais terrível que já me aconteceu, a única coisa terrível que me aconteceu, foi ter me divorciado. Com isso, eu não pude mais ver os meus filhos. Essa foi mesmo a única coisa terrível."

"Mas você vê a gente", digo. Estou na frente, bem onde entra o calor do aquecedor. Tiro o casaco, já começando a suar por baixo das roupas.

"É", diz Tuck. Ele está debruçado entre os assentos.

"É, é. Eu vejo, mais ou menos – mas não de verdade. Não todo dia. É coisa muito diferente ver alguém todo dia."

Mas será que nosso pai está bem? Parece que está guiando mais rápido que de costume. Está curvado, bem perto do volante.

"Pai, você tá se abaixando demais!", grita Clyde, o menorzinho, do banco de trás.

Nosso pai se endireita. Do lado de fora da janela, as mesmas cenas passam zunindo – as casas de fazenda, as inclinações na estrada. Do outro lado da cidade, passamos pela nossa escola, agora deserta para as Festas – a data em que estamos é logo depois do Natal. Passamos pelos pomares, de galhos negros contra o céu. Lá embaixo, está a lagoa onde costumamos ir patinar no gelo. Fazemos uma curva em alta velocidade.

Como de hábito, nosso pai está contando as novidades. Estas são sempre uma combinação das suas ideias (durante o tempo em que ficamos sem vê-lo, ele sempre tem novas ideias) com coisas que aconteceram, sonhos que ele teve. Está todo empolgado com o projeto de um novo tipo de fogão de alvenaria. Um cara sueco já tentou isso. "Esses suecos", diz, "são incríveis, são sérios. Peguem um sueco, qualquer sueco, e ele com certeza vai deixar vocês bobos."

Levou multa por estacionamento proibido, contestou, e não conseguiram que ele pagasse. "Aqueles infelizes realmente leram minha pequena explicação e resolveram que eu não tinha que pagar. Nada mau, hein? Você ficou impressionado, hein, Tuck? Eu posso ter cara de bobo, mas..."

Clyde ri baixinho. "Você fica engraçado com o cabelo assim."

Todos olhamos para nosso pai. Ele tirou a faixa da cabeça, e agora o cabelo está se levantando direto da cabeça. Nós rimos. Tuck se debruça sobre o assento para apalpar o cabelo.

"Obrigado por compartilhar suas impressões, Clyde", diz nosso pai.

Ele acabou de estar numa prisão de segurança máxima. Está ensinando os presos a cantarem em coro. Ele sonhou com "mamãe". Sempre chama nossa mãe de "mamãe". "Foi impressionante", diz. Ele se curva, uma das mãos no peito, os olhos fechados, para mostrar quão impressionante foi o sonho. "A mamãe tinha uns seis metros de altura."

"Pai!", diz Lu. Há um carro vindo na nossa direção.

Nosso pai abre os olhos e desvia para a direita. "Ah, e outro dia aconteceu uma coisa muito louca: completamente por acaso, peguei uma puta!"

"Uma o quê?", pergunta Tuck.

"Uma puta! Uma prostituta!"

"E o que é isso?", pergunta Tuck.

"Alguém que, você sabe, faz sexo com a gente por dinheiro. Eu não tive intenção. Lá estava aquela mulher em pé na beira da estrada. Parei o carro porque achei que alguma coisa estava errada. Uma ruiva bonita num casaco verde. Mas ela, sem dizer nada, já foi entrando. Aí, começou a me dizer pra onde ir. Eu ainda não entendia o que estava acontecendo. Ela deve ter pensado que eu era retardado – demorei um tempão pra entender. Mas acabei entendendo. E aí... bem, aí já era tarde. Ela me levou prum lugar, prum quartinho. E, bem, a gente fez a coisa, e foi bom, foi legal. Mas o impressionante foi o jeito que ela se limpou depois, com tanto capricho, naquela piazinha. Essa foi a parte que realmente me impressionou."

O rosto de Lu está contraído. Ela está no banco de trás. "E você pagou?", pergunta ela.

"É, é, eu paguei, sim. Claro que paguei. Ela cobrou cinquenta, e então dei sessenta. Deus do Céu, sessenta! Era tudo o que eu tinha."

Chegamos à rodovia. "Cuidado, pai, tem um guarda!", diz Clyde. Nosso pai está sempre nos dizendo para ficarmos atentos aos guardas. Há um de tocaia no canteiro central, perto da cerca de proteção.

"Xi, você tem razão", diz ele. E reduz a velocidade.

A ideia é irmos esquiar no norte, ficando na casa da nossa avó, mas primeiro vamos passar a noite na cidade grande. Nosso pai quer fazer o que ele chama de "grande operação de limpeza". A casa dele está sempre bagunçada. Ele quer que o ajudemos a limpá-la. Já fizemos isso antes.

Serpenteamos pela cidade, Washington, passando por monumentos pretos e brancos e por gramados endurecidos pela neve. Nosso pai mora num bairro não muito bom. A calçada está rachada. Antigamente, do outro lado da rua, havia um ponto de venda de droga. Agora está tudo fechado com tábuas, mas as pessoas ainda ficam ali pela varanda do ponto de droga. Às vezes, quando estamos lá, brincamos com as crianças. A menina se chama Push, e o menino se chama Big Daddy. Dessa vez, quando chegamos, Big Daddy está num grupinho com outras crianças na varanda. Ele é mais velho que Clyde, mas menor.

"Big Daddy tá fumando", diz Tuck.

"Deus do Céu", diz nosso pai. Ele acha que não há nada no mundo pior que fumar (embora ele mesmo seja ex-fumante). Exceto talvez a TV.

Nosso pai está na varanda da casa dele, mexendo com as chaves. "Muito bem, venham cá, crianças", diz.

Temos que correr quando entramos na casa dele, porque há um alarme. Ele já foi roubado tantas vezes que instalou um. Mas, mesmo com o alarme, nosso pai ainda é roubado às vezes. Estão de olho nas ferramentas elétricas. Ele tem um monte, por causa do seu trabalho, conserto de chaminés.

Por dentro, a casa está uma lástima. Parece mesmo que alguém acabou de entrar lá para roubar. Papéis estão empilhados por toda parte, na mesa e nas prateleiras, no chão e na borda da lareira. Há uma pilha de roupas no sofá e, ao lado dela, um ajuntamento de pregos e barbante. A mobília, parte dela herdada dos pais do nosso pai, nossos avós – um gaveteiro muito antigo, uma escrivaninha com entalhes rebuscados –, foi colocada sem critério, como se tivesse sido simplesmente empurrada da porta. Flutuando no centro do cômodo, está o piano. Nosso pai adora cantar, especialmente em coro. Às vezes ele nos faz cantar com ele, muito embora a gente costume estragar tudo. Ele aguça bastante os ouvidos, atentando às harmonias.

Nosso pai se inclina para mexer na geladeira. "É hora de ovo com tofu", diz. "Quem quer ovo com tofu? Estou vendo que o Tuck está todo animado." Tuck, como todos sabemos, não gosta de tofu.

Tiramos os casacos e arriamos as mochilas. Não temos certeza de onde nos sentarmos porque há coisas por toda parte.

"Droga!", diz nosso pai, percebendo nossa hesitação. Ele corre para liberar algumas cadeiras e um lugar à mesa.

Vou olhar o quintal lá fora. "Pai, posso sair ali?"

"Pode, pode", responde ele. Está fazendo os ovos. Mexe nos bolsos do *short* procurando outra chave. Tem uma maçaroca delas num chaveiro.

Destranco as portas, primeiro a que tem as barras de metal, depois a outra, e saio. Na metade da frente do quintal, umas poucas plantas despontam da neve. Na lateral, um muro alto de tábuas não deixa ver o quintal do vizinho.

Eu me volto e olho para o fundo do quintal. É uma cena completamente diferente, com montes altos de entulho, um velho furgão de entrega de leite, telhas, tijolos, blocos de madeira, baldes, sacas de areia e cimento. Encontro um caminho passando pelo furgão e pelo entulho. Um portão de alambrado fecha o quintal. Atrás dele está o beco, os fundos da casa de todo o mundo, latas de lixo, pneus soltos, lixo no chão. Imagino que deva ser por esse lado que as pessoas entram para roubar. Estou olhando e não percebo ninguém, mas de repente vejo um homem agachado ali, um negro jovem. Está de jaqueta acolchoada vermelha. Está no beco, agachado contra o portão dos fundos de outra casa. Ele não se mexe. Está me encarando. Eu também não me mexo. Ele deve ser um daqueles que vêm roubar. Fico quieta por um momento, olhando para ele, paralisada. Então passa um gato, e eu me mexo.

"O ovo tá pronto!", diz nosso pai, chamando. "Tá na mesa!"

Eu me viro e corro de volta para dentro.

Depois do almoço, começamos a trabalhar na faxina. Sabemos o que fazer. Tuck e Clyde estão no térreo com nosso pai, enfrentando as pilhas de papéis com ele – alguns escritos por ele mesmo, o resto jornais, boletins informativos, contas, outras correspondências. Tuck vai pegando cada uma dessas coisas. Parece absurdamente sério, com as bochechas gordinhas bem vermelhas. "E isto aqui, pai?"

"Não, deixa aí", diz nosso pai. "A gente vê isso depois."

"Não, pai", insiste Tuck. Está com nove anos. Sabe como é nosso pai. "Você quer guardar ou quer jogar fora?"

Lu e eu estamos encarregadas do andar de cima. Tenho onze anos, e Lu, treze. Um dos cômodos de cima está simplesmente bloqueado, abarrotado de livros e papéis. Os outros dois são quartos de dormir. Nós nos concentramos neles. Numa mesa, está o pequeno altar do guru hindu do nosso pai e, ao redor, montes de papéis, pastas e recortes, ideias para artigos, planos de projetos de energia solar. Há pilhas de roupas, e pinturas estão penduradas, tortas, por todas as paredes. Nosso pai compra as pinturas em lojas de saldos. As mulheres nessas pinturas sempre se parecem exatamente com nossa mãe.

Lu começa pelas roupas. Nunca fica muito claro se estão sujas ou limpas. Lu pega cada item, dá uma verificada e o coloca ou na pilha de roupa para lavar, ou dobra e põe na de roupa limpa. Começo a empilhar as pinturas com capricho atrás da escrivaninha.

Nosso pai fica andando sem rumo pela casa. Então ele nos chama do banheiro no final do corredor de cima. Já nos disse que comprou uma privada nova. "Muito bem, crianças, venham cá! Quero mostrar como funciona este neném."

Dou uma olhada para Lu. Ela revira os olhos. Os meninos sobem a escada pisando forte. Eles chegam primeiro ao banheiro.

Lu e eu vamos depois. Todos nos reunimos.

"Argggggggh!", diz Clyde, tampando o nariz por causa do cheiro. Já estou segurando a respiração desde bem antes de chegarmos. Pela cara da Lu, vejo que ela também.

"Ei, Tuck, você tá conseguindo ver?", pergunta nosso pai.

"Tô", diz Tuck.

"Muito bem, olhem isto aqui, é um espanto." No vaso, há um pedacinho de cocô com muito pouca água em volta. A própria privada parece engraçada. "É uma daquelas coisas de aviões", explica nosso pai. "Quase não gasta água. É justamente esse o ponto. O raio de uma privada comum gasta um monte. Agora, observem." Dá descarga. Faz-se um ruído de aspirador, e aquilo que estava lá desaparece instantaneamente. Nosso pai ri: "Não é a coisa mais incrível?".

Todos, um a um, voltamos ao que estávamos fazendo antes.

Pouco depois, nosso pai entra no quarto onde estamos Lu e eu. Dá uma olhada em torno. "Puxa, meninas, isto é incrível! Deus do Céu!"

"Só estamos começando, pai", digo.

"Não, não, chega por enquanto."

Na verdade, ele não suporta fazer faxina. Parece que qualquer limpeza o deixa nervoso. Quer mesmo é deixar tudo como está.

"Vamos logo, andem, andem", diz. "Temos que ir embora."

"Pra onde?", pergunto.

"Pra coisa da Cindy."

Cindy é a atual namorada do nosso pai. Já a vimos algumas vezes.

"Que coisa?", pergunta Lu.

"Sei lá. Algum tipo de coisa", responde nosso pai. Tira a roupa e começa a procurar algo nas pilhas de roupa que Lu arrumou. "Droga, onde é que tá?"

"Pai, do que é que você precisa?", pergunta Lu. Ele está ali, em pé, sem roupas.

"A josta amarela", responde ele. "Ah, tá aqui!" Pega um par de calças amarelas e as veste. Em seguida, calça as sandálias por cima de meias de lã e põe uma camisa bordada indiana, roxa.

—

Entramos outra vez no carro. Nosso pai vai pela rua na contramão e, depois, dá meia-volta.

"Pra onde é que a gente vai?", pergunta Clyde.

"Pra casa da Cindy."

Clyde resmunga. "Achei que a gente tava indo pro *ashram*!" Clyde adora o *ashram* do nosso pai, aquela sala grande com o tapete vermelho e todo mundo cantando.

"Não, fica pra outra vez", diz nosso pai.

Cindy mora nos subúrbios de classe média. Passamos por terrenos vazios com cercas de alambrado. As pessoas estão em grupinhos na calçada, tremendo de frio.

Clyde começa a gritar o mantra que cantam no *ashram*: "Om Namah Shivaya. OM NAMAH SHIVAYA!"

"Cala a boca, Clyde", diz Lu.

"Puxa vida, a Cindy!", diz nosso pai. "Eu não a vejo já faz um tempo."

"Por quê?", pergunto.

"Não sei. Ela estava me deixando louco. Ela só falava o tempo todo – falava, falava e falava. Especialmente depois do sexo. Era quando falava mais. Quero dizer, quem é que quer conversar depois do sexo?"

Nosso pai esteve com outra mulher por uns tempos. O nome dela era Lonnie. Terminaram mais ou menos um ano atrás. Depois ele teve uma namorada que era completamente diferente, uma jornalista. Tinha filhos e morava num bairro cheio de árvores. Ela provocava nosso pai, brincando. Ele ia pedi-la em casamento, mas perguntou primeiro à nossa mãe se devia. Nossa mãe disse que não era da conta dela. Nosso pai não pediu essa namorada em casamento.

Cindy tem cabelo louro e curto. Tem voz boa para cantar. Ela e nosso pai cantam juntos. Mas nosso pai sempre fica nos falando das coisas de Cindy que o deixam louco – a casa perfeitamente organizada, os petiscos metidos a finos, a voz clara e educada que corta o ar como se fosse vidro. Quando a vemos agora, é com esses olhos. Estamos todos contra ela, julgando-a, rindo baixinho.

A casa de Cindy é grande, branca com uma borda amarela, no alto de um gramado. Já estivemos aqui antes, para churrascos. Mas hoje a rua em frente está cheia de carros enfileirados. Olhando através da janela para a sala de jantar, vemos grupos de pessoas em pé sob o candelabro.

Espalharam sal sobre o caminho gelado que vai até a porta da frente. Seguimos nosso pai, que se desvia ligeiramente para o lado ao andar. Ele toca a campainha. Cindy abre a porta. Olha nosso pai de cima a baixo e bate a porta, deixando a gente do lado de fora. Nosso pai ri. Passado um momento, Cindy abre a porta de novo. Está usando vestido de malha turquesa, mas agora pôs um casaco por cima. Ela sai, fechando a porta rapidamente atrás de si.

"Sam!", diz ela. "Venha cá agora mesmo." Pega nosso pai pela mão e vai até o lado de trás da casa. Nosso pai deu de ombros e a seguiu, mexendo as sobrancelhas. Cindy se vira para nós e sussurra, alto: "Venham, venham vocês também!". Seguimos os dois. "Como foi que você pôde fazer isso?", pergunta Cindy ao nosso pai. Ela parece prestes a chorar. Estamos todos do lado de fora, atrás da casa. "Tudo bem", diz Cindy, recompondo-se. "Agora, eu disse a todo o mundo que você viria. O meu chefe está aqui, a minha irmã e o marido dela, velhos amigos meus e do Marty. Então, você também precisa vir. Mas não pode vir usando essas roupas ridículas." Olha para nós. "Eu disse a ele exatamente o que vestir, e sei que ele tem as roupas certas, porque eu as vi no guarda-roupa dele – as calças cáqui, a camisa azul." Nosso pai está sorrindo. Cindy, visivelmente com muita raiva, volta-se para ele. Mas aí se recompõe, esfregando as mãos para aquecê-las. "Tudo bem, vou lá em cima e pego umas roupas do Marty para você. Vou jogá-las pela janela, e você pode vesti-las no carro." Cindy levanta as mãos e alisa com elas o cabelo do nosso pai. "E vou jogar junto um pente."

Esperamos com nosso pai ali atrás da casa. O quintal de Cindy está coberto de uma superfície de neve quebradiça. Tuck chuta a neve. Expõe um pedacinho do chão e chuta o fragmento de neve até ele se mover. Clyde faz o mesmo.

"É alguma festa chique?", pergunta Lu.

Também queríamos estar bem-vestidos. Queríamos que nosso pai tivesse nos avisado. Lu tira o gorro e passa os dedos pelo cabelo.

"Vamos usar o pente", digo.

Depois de uns dez minutos, a janela se abre lá em cima e aparece a cabeça de Cindy. "Tudo bem", ela sussurra. Joga uma trouxa numa toalha. Nosso pai pega. Cindy olha por um momento e desaparece. Nosso pai abre a trouxa. Dentro, cuidadosamente dobrados, estão calças cáqui, uma camisa de listras azuis fininhas, um suéter azul-marinho de gola V, sapatos de amarrar, meias escuras e finas e o pente. Nosso pai tira o casaco, depois o resto das roupas, e se troca ali mesmo, no frio. Olhamos em volta para ver se os vizinhos não estão observando. Os quintais são todos separados por cercas, mas, olhando para baixo pelas janelas superiores das casas, dá para ver tudo. Alguém abriu uma janela na casa do outro lado da viela e está lá sacudindo uma colcha. Primeiro vemos só a colcha, depois o rosto da mulher. Ela para e olha para nós.

"Depressa, pai", digo. "Tem gente olhando."

Ele está inclinado, pondo as calças cáqui. Parece não se importar. Menos mal que a mulher consegue ver só a bunda dele, acho eu.

Lu penteia o cabelo e depois me passa o pente.

Nosso pai fica ereto. "Droga, estes sapatos estão me incomodando horrores!", diz, balançando para a frente e para trás e se contorcendo.

Torna a colocar o casaco, junta suas outras roupas e corre a escondê-las no carro.

Um momento depois, estamos todos de volta à porta da casa de Cindy, só que nosso pai vem completamente diferente agora. As novas roupas fazem um pouquinho de volume em lugares esquisitos, mas funcionam.

Cindy abre a porta. "Olá", diz, fingindo nos ver pela primeira vez no dia, examinando nosso pai bem rapidamente e concluindo que está tudo em ordem. Dá seu sorriso brilhante e educado. "Entre, todo o mundo veio."

A casa de Cindy está cheia de gente. Há uma poncheira na sala de jantar, e a lareira está acesa. Com poucas exceções, as pessoas estão vestidas como nosso pai agora. Cindy é advogada. Muitos dos convidados são gente do seu escritório.

Saindo da cozinha, há um quartinho. Cindy diz que nós, as crianças, poderemos ir para lá se quisermos. Ela arranjou uns brinquedos para nós. Cindy nunca teve filhos. Lu e eu olhamos para os brinquedos. Não conseguimos acreditar. Há Legos, por exemplo. No quartinho, há também pufes grandes. Tuck e Clyde fingem ser touros e arremetem contra os pufes. Lu e eu voltamos para a festa. Está tocando música. Uma mulher de botas jogou uma perna sobre o braço da poltrona enquanto conversa com um cara. Cindy anda pela sala. Está com a mão no braço do nosso pai, que ela vai apresentando a todos.

Voltamos ao quartinho. Depois de algum tempo, saímos, outra vez entediadas. Nosso pai conversa animadamente com alguém do outro lado da sala. É um dos colegas de Cindy, um homem de terno. Cindy observa de bem perto. Ela então se aproxima. Parece um tanto perturbada. Vai rapidamente na direção deles. Está com aquele seu sorriso. Pega nosso pai pelo braço. Podemos imaginar o que ela está dizendo ao colega: "Posso roubá-lo um minutinho?". Cindy o conduz até a cozinha, dando um largo sorriso durante todo o caminho até lá. A cozinha fica no final de um pequeno corredor. Lu e eu nos achegamos um pouquinho, o que dava, para ouvir.

"Você tem alguma ideia de quem era aquele lá?", pergunta Cindy. "Não é o meu chefe. É o chefe do meu chefe. Como é que você pode dizer uma coisa daquelas para ele?"

"Ah, peraí...", diz nosso pai. Mas parece que ele realmente gosta de se encrencar.

Cindy o interrompe. "Sabe no que tudo se resume? Você tem um problema de limites. Eu estava conversando com o meu analista e acho que você tem um problema de limites. Você não sabe onde estão os seus limites."

"Mas, escuta, eu estava falando pra ele de uma vivência que tive."

"Você estava falando das defecadas que deu."

Lu e eu rimos baixinho. Nosso pai deve ter contado ao homem sobre o jejum de uva que fez no outono. Durante seis semanas, comeu só uva, o que fez que tivesse todo tipo de fezes malucas, primeiro de um tipo, depois de outro. Já ouvimos a história um milhão de vezes.

"Bom, isso foi uma vivência", diz nosso pai.

"Sabe de uma coisa? Acho melhor você ir embora. E acho melhor você fazer isso agora mesmo."

"Problema de limites?", diz nosso pai quando já estamos de volta no carro. "Crianças, vocês acham mesmo que eu tenho um problema de limites?"

Não tenho certeza do que ele quer dizer. Em todo caso, balanço negativamente a cabeça, não querendo concordar com Cindy.

"O que é problema de limites?", pergunta Clyde.

"Exatamente!", diz nosso pai. "Muito bem colocado, Clyde!"

Nosso pai fica em silêncio por um momento. Depois, levanta um dedo. "Sabem o que eu acho que é o problema?", diz ele. "Acho que o problema – o problema todo – é que a Cindy nunca teve sexo tão bom na vida dela quanto teve comigo."

—

Na manhã seguinte, pegamos a estrada de novo, para o norte, com nossos esquis amarrados no teto do carro. Temos ido esquiar com nosso pai desde que nascemos. Nas pistas, disputamos corrida e brincamos de seguir o líder. Nós nos abaixamos e passamos embaixo das pernas uns dos outros. É uma regra de família ir de botas de esqui de couro e nunca usar os bastões. Quando vamos no teleférico com algum estranho, é sempre a mesma coisa:

"Belo equipamento vocês têm aí."

Mas primeiro temos que fazer a viagem. Nosso pai está falando: "Ultimamente, eu tenho saído com um monte de jaburus".

"Quem era jaburu?", pergunto.

"Todas! Todo o mundo. A Cindy é bem jaburu. Até a Lonnie é."

"A Lonnie?", dizemos. Estranhamos, porque todas elas nos pareciam muito bonitas, em especial Lonnie, ainda que não gostássemos dela por outros motivos.

"Quem então não é jaburu?", pergunta Lu.

"Boa pergunta. Bem, vejamos. A mãe de vocês, por exemplo, nunca poderia ser chamada de jaburu."

Passamos por empreendimentos imobiliários, lagos congelados, fazendas. Penhascos se erguem à beira da rodovia, com fios de gelo nas fendas. De vez em quando, uma placa diz CUIDADO – PEDRAS SOLTAS. Mas no que uma placa assim ajudaria se as pedras resolvessem mesmo cair em cima da gente? Passamos embaixo de um viaduto com as palavras EU TE AMO, TONY pichadas com *spray* no alto. Paramos em postos de gasolina. Lu sempre vai ao banheiro e volta com o cabelo molhado e rebatido. Uma vez, arrancamos do posto com a mangueira da bomba ainda presa ao tanque do carro. O frentista, de uniforme vermelho e amarelo, vem correndo atrás de nós: "Ei, que diabos você está fazendo?!".

Enquanto anoitece, vemos as placas que indicam a direção de Boston. "Sabem o que vamos fazer?", diz nosso pai. "Vamos dar uma chegadinha pra ver se podemos ficar com o velho George. Vocês se lembram do George, não se lembram, crianças?"

"É, lembro", digo. Nosso pai fez faculdade com George. Paramos lá uma vez, com Lonnie.

"E da mulher dele..."

"A professora universitária", digo.

"Isso mesmo, a professora universitária. Puxa, Maeve, muito bem!"

A noite cai quando entramos na cidade. Vemos edifícios de pedra com cúpulas. Damos a volta num morro. Na altura do Boston Common, passamos por um cara que está de caminhonete e megafone. Colados pela caminhonete toda, há adesivos antinucleares, anti-Reagan. O cara usa luvas sem dedos. Está todo agasalhado, falando ao megafone.

"Malditos hippies!", diz nosso pai. "Ainda estão nessa!" Diminui a velocidade, chegando perto bem devagarzinho, para dar uma olhada no cara. "Deus do Céu, olhem só esse sujeito. Quem é que tá prestando atenção no que ele diz?" Nosso pai segue em frente. "Tudo bem, reconheço que houve alguns que conseguiram aparecer. Mas foram poucos, muito poucos, perto de tanto desgraçado que tentou. E a gente tá falando de desgraçado inteligente, muito inteligente mesmo. Aposto que aquele ali atrás é bem inteligente."

Está escuro quando achamos a casa. Nós nos lembramos dela, uma fachada de arenito vermelho com a porta pintada de azul-marinho e a aldrava. A casa parece muito quieta. Batemos. No começo, ninguém responde. Mas Pat, a mulher de George, enfim abre a porta.

"Oi!", diz nosso pai. "Que bom que vocês estão em casa!"

Esbelta, de cabelo escuro e curto, Pat está de pijama e robe. Atrás dela, a casa está às escuras. Fica bem óbvio que ela não quer nos ver. "Só que o George não está", diz. "Ele saiu com as crianças."

"Ah, bom..." Nosso pai se remexe.

Pat treme um pouco por causa do ar frio que entra. "Eu precisava ficar sozinha para terminar um livro", diz ela.

"Um livro!", exclama nosso pai. "Que bom para você!"

Estamos de pé na soleira, com as mochilas nos ombros. Pat não diz nada.

"Pai." Lu puxa a camisa dele e sussurra: "Vamos embora".

Mas nosso pai força a barra. É desse jeito que ele fica quando conversa com nossa mãe e pede algo que ela não quer dar. Está curvado, o pescoço sobressaindo, uma das mãos balançando, inclinando-se para a frente e se afastando ao mesmo tempo. "Tudo bem se entrarmos?"

Pat solta aquele riso latido. "Bem, se você coloca a coisa nesses termos", diz ela. Sua voz é muito rouca. Pat recua um passo e não mais bloqueia a porta.

Mas agora nós, as crianças, realmente não queremos entrar.

"Vamos logo, andem, andem", diz nosso pai, tocando-nos para dentro.

Pat nos leva pelo corredor até a sala de estar. A sala está escura e gelada, como se ninguém houvesse estado ali já faz um tempo ou como se as venezianas estivessem todas fechadas. As paredes são de lambris pesados.

"Sobre o que é o livro?", pergunta nosso pai.

"As origens da guerra", responde Pat.

"Cacete!", diz nosso pai. "As origens da guerra, puxa vida!"

Pat, sobrancelha levantada, olha para ele.

"Sabe, havia um cara", diz nosso pai, "um desgraçado interessante, que se chamava E-Ed-Ed-Edgars. Você o conhece? Ele estava na Harvard quando George e eu estudávamos lá. Estava trabalhando na mesma linha, acho eu – rituais de sangue, guerra primitiva. Eu poderia tentar localizá-lo pra você, apesar de que – cacete! – já faz um bom tempo. Tirando o George, não vejo nenhum desses caras já são uns v-v-vi-vinte e tantos anos."

"Tenho todo o material de referência que poderia pensar em utilizar", responde Pat. "Bem, preciso continuar o meu trabalho, então vamos direto ao ponto. Você quer passar a noite aqui." O olhar dela é impassível. Pat está afirmando um fato. Na última vez que viemos, também passamos a noite.

Nosso pai assume de novo a pose séria, curvada, balançando afirmativamente a cabeça. "Isso seria ótimo", diz ele.

"Tudo bem", responde Pat, já saindo da sala. "Sirvam-se do que quiserem na cozinha. Não sei o que temos. Não vou nem olhar. O quarto de hóspedes é ali atrás. Vou colocar uns sacos de dormir lá."

"Ótimo, ótimo", repete nosso pai, esfregando as mãos e seguindo Pat, que já está subindo a escada.

Deixamos nossas mochilas no quarto de hóspedes e entramos na cozinha.

"Pai", sussurra Lu, "ela não quer a gente aqui!"

"Não, não, tá tudo bem. É bom pra ela. O que não mata, fortalece."

Ele vasculha os armários da cozinha e encontra o que precisa para fazer espaguete com atum. Vira-se para nós, falando baixinho. "Agora, por falar em jaburu, isso a Pat não é."

Olhamos para ele. Não conseguimos acreditar.

"A Pat?", digo.

"Você a acha bonita?", pergunta Lu.

Ela parece tão dura, tão tesa, tão fria.

Tuck puxa o baralho. Ao vê-lo, Clyde se levanta de um pulo. "Ei, pai", diz, "será que a gente pode jogar *bridge*?"

"É, pode sim", responde nosso pai. "Vamos jogar um pouco de *bridge*."

Ele nos ensinou o jogo. Desde então, sempre jogamos *bridge* quando estamos com nosso pai. Agora nós quatro jogamos uma mão enquanto ele cozinha.

Quando o espaguete fica pronto, nosso pai enche nossos pratos, depois outro para si mesmo e depois outro. Ele sai da cozinha com esse último prato.

"Pai, aonde você vai?", pergunta Lu, vigilante.

"Vou ver se a Pat quer um pouco."

De onde estou sentada, posso vê-lo pela porta aberta. Ele sobe furtivamente a escada.

"Vamos lá, vamos jogar!", grita Clyde.

"Psiu", diz Lu, pedindo silêncio. Ela e eu queremos e não queremos ouvir o que está acontecendo.

Ouvimos a voz do nosso pai, mansa, baixinha: "Pat... Pat...".

Abre-se uma porta. Podemos imaginar a postura de nosso pai, a mesma de antes, curvada, vacilante, segurando o prato mas se afastando.

"Não, não, obrigada", diz Pat. A porta se fecha outra vez.

Nosso pai desce com o prato cheio. Ele dá de ombros e ri. "Ela é durona", diz.

Estamos no meio da noite. Lu e eu estamos na cama de hóspedes, e nosso pai e os meninos, no chão, em sacos de dormir. Acordo e vejo nosso pai se levantar sem fazer barulho. Está pelado. Sai do quarto, mas, em vez de ir para o banheiro, vai na outra direção. Está se esgueirando escada acima. Ah, não – o que é que ele está fazendo?! Sento na cama e depois me levanto. Está tudo em silêncio. Saio do quarto e fico em pé perto da escada. Ouço passos furtivos, o ruído baixo de uma porta. E, então, um grito abafado de surpresa, Pat e sussurros furiosos. Nosso pai ainda se demora um pouquinho, mas recua às pressas quando os sussurros furiosos ficam mais altos.

Volto correndo para o quarto. Nosso pai desce. Lá fora, pela janela, veem-se as primeiras luzes no céu.

"Muito bem, crianças", diz nosso pai, cochichando e nos acordando. "Vamos logo, andem, andem. Vamos embora daqui."

Lu acorda e olha para ele só com um olho aberto. "Por quê?"

"Temos que sair cedo", é a resposta.

Os outros três estão mal-humorados. Mas eu, assim como nosso pai, quero sair dali o mais rápido possível.

Nós nos vestimos, enfiamos nossas coisas nas mochilas, enrolamos os sacos de dormir e arrumamos a cama. Ao nosso redor, a casa está toda em silêncio, escura e fria. Passamos pelo corredor na ponta dos pés, abrimos a porta e nos esgueiramos com nosso pai em direção à aurora.

SEGREDO

Foi através da nossa amiga Shirley que conhecemos os irmãos Kalowski. Eu tinha doze anos naquele verão, e minha irmã Lu, catorze. (Na época, nossos irmãos mais novos eram figuras periféricas nas nossas vidas.) Shirley tinha morado no vale abaixo de nós, mas havia se mudado recentemente para mais alto na estrada, ali onde as casas tinham mais gente e era mais perto do asfalto e da cidade, embora esta ainda fosse distante. Durante anos, no nosso pequeno enclave na floresta, Shirley havia dominado à minha irmã, a mim e à nossa outra amiga, Trish, que morava do outro lado do morro.

Shirley era da mesma idade que a minha irmã. Não tinha pai. Seu cabelo era cor de areia, e seus olhos pequenos quase se fechavam quando sorria. Tinha também uma rica vida de fantasia, à qual todas nós éramos obrigadas a aderir. Todas as brincadeiras, até onde podíamos nos lembrar, haviam sido sob o domínio de Shirley, no pasto, montando os pôneis, relaxando ao sol à beira do riacho. "Pois bem, eu sou a imperatriz, você é a dama de companhia, você é a mensageira..." "Pois bem, eu sou a mais bonita, você é a segunda mais bonita..." Lu tinha dentes espaçados e sempre andava com a cabeça inclinada para um lado. Eu a achava a mais bonita. Mas não importava o que pensávamos. Shirley estava no comando.

Ela encenava sua tenebrosa vida de sonhos, e nós éramos as atrizes. A morte estava sempre presente. Shirley nos ensinou como fazermos desmaiar umas às outras.

Uma pessoa se curva e hiperventila, enquanto a outra a agarra por trás, a segura com firmeza por sobre o diafragma e depois a deixa cair na grama de repente. A gente recuperava os sentidos com a cabeça rodando e achando que haviam se passado horas. Em várias épocas, Shirley esteve obcecada com os assassinos do grupo de Charles Manson: "Eles matam a gente, famílias inteiras, e depois penduram os corpos no varal". Shirley nos garantia que eles logo chegariam aqui, assim como Henrique VIII e suas esposas. Outra brincadeira era fazer uma de nós entrar num quarto escuro e rodar oito vezes dizendo "Mary Walker". Nem sempre funcionava, mas às vezes acontecia de o fantasma de Mary Walker aparecer e matar a gente.

Ainda vejo Shirley cantando Donna Summer – *Toot, toot, yeah, beep, beep* – e rebolando. Em pé junto à caixa de correio da sua nova casa na estrada, um caminho ainda de terra, porém mais largo e movimentado que a trilha minúscula que passava pela nossa casa. Shirley ficava lá, esperando a oportunidade de atrair a atenção de alguém. Prosperou naquele novo ambiente, onde havia gente que passava de carro e atenções que ela podia atrair, e logo ficou conhecendo todas as figuras da vizinhança: Michael Melton, Bonnie Rider, Marcy, os Lyall. Agora, minha irmã e eu éramos como se fôssemos primas do interior, ao passo que Shirley parecia ter viajado e conhecido o mundo. Cavalgava seu pônei até nossa casa para fazer o relato, deliciando-se no papel de embaixadora.

O pai de Michael Melton sentava na varanda de sua casa térrea, estilo rancho, bebendo o dia todo com uma arma nas mãos e atirando em coisas que passavam na estrada – esquilos, cães vadios, carros. A mãe de Michael fazia a filha, Mindy, vestir-se exatamente do mesmo jeito que ela, com saias ou conjuntos de calças estampadas, como se fossem duas bonecas. Michael era mais velho que Mindy e tinha uns catorze anos. Era muito alto, com dentes acinzentados. Era um atleta impressionante, e Lu e eu estávamos familiarizadas com o nome dele desde que o ouvimos ser mencionado no alto-falante da escola por ter ganhado prêmios esportivos.

Bonnie Rider era adotada. Tinha rosto pálido, grave, observador, e cabelos castanho-acinzentados. Atrás de sua casa, havia uma lagoa cheia de mato. Bonnie era amiga de Marcy. "A Marcy é legal", dizia Shirley sem mais nem menos, como se ela e Marcy fossem muito próximas agora. Lu e eu sabíamos bem quem era Marcy – a menina mais descolada e concorrida da escola –, o suficiente para sabermos que aquilo não podia ser verdade. Mas estávamos acostumadas às mentiras de Shirley. Ela mentia a respeito de tudo.

Os Lyall tinham uma piscina azul, dessas de armar. Todo o mundo passava o máximo tempo possível na casa deles. Mantinham uma geladeirinha cheia de refrigerantes na garagem escura. Todos os Lyall tinham rostos renascentistas, com traços límpidos e suaves e cabelos escuros que desciam até os ombros e se cacheavam nas pontas, nas têmporas ou na parte inferior das faces. Eram esbeltos e reservados por natureza e tinham um quintal cheio de lixo e arbustos floridos, bem na esquina do ponto de ônibus.

Mas a grande novidade daquele verão foi a chegada dos Kalowski, dois irmãos que vinham da cidade grande. Os pais assumiram a fazenda na estrada acima da casa de Shirley. Corriam boatos de que haviam se mudado por terem se metido em encrenca lá na cidade grande, embora ninguém soubesse exatamente o quê. Os irmãos Kalowski vestiam roupas da metrópole e fumavam cigarro. Tinham treze e catorze anos. Logo ficaram íntimos de Michael Melton e amigos de Tim Lyall. Toda aquela coisa de vida no campo era estranha para eles – junto com a fazenda, tinham vindo dois pôneis e uma vaca –, mas os meninos lidaram bem com isso. Passavam as pernas por cima dos pôneis como se estes fossem motos, reuniam-se na mata em vez de nas esquinas, ficavam pensando em novas maneiras de vandalizar.

Shirley tinha saído para cavalgar com eles mais de uma vez. Sendo uma especialista em tudo o que era "equestre" (a palavra que ela gostava de usar), Shirley nos contou que os pôneis dos Kalowski eram pequenos demais para eles e que, além disso, os dois irmãos não sabiam cavalgar. Quando ela tentava lhes dar instruções, não escutavam. Em vez disso, saíam para pichar a porta da garagem de alguém ou derrubar as estátuas no imaculado gramado de Ed Trout. Shirley havia falado com os meninos a respeito da minha irmã e de mim, e eles estavam ansiosos para nos conhecer, nem tanto pelo motivo que Shirley imaginou – o fato de também termos pôneis –, mas porque Tim Lyall tinha dito a eles que nossa mãe e o namorado eram hippies e nadavam pelados no riacho.

Um dia, Shirley providenciou para que todos nos encontrássemos, montados em pôneis, na frente da casa dela.

Shirley fez as apresentações. "A Lu é da minha idade", explicou, "mas quatro meses mais nova. A Trish e a Maeve têm onze anos, mas a Maeve é mais nova um mês e meio." (Como sempre, eu era sempre menos, ou a menor.)

Sid, o mais velho, era muito magro, com braços e pernas que pareciam de galinha, e ainda tinha um dente escuro. Suas pernas ficavam balançando, pendentes, naquele pônei minúsculo. Sid não conseguia parar quieto.

"Vocês sabiam que no futuro os seres humanos não vão ter mais corpo?", disse ele.

"E por que isso?", perguntou Shirley.

"Porque não vão precisar. Já mal precisam agora. Quase tudo pode ser feito com a mente."

Jesse, o mais novo, tinha rosto angelical e barriguinha, e seu cabelo louro se cacheava em cima dos olhos e das orelhas. "Vocês sabiam que o nosso irmão, o Lee, mora num submarino nuclear?"

"E mora lá por quê?", perguntou Trish. Se Lu e eu estávamos olhando para os meninos sem realmente olharmos (Lu desmanchou e refez o rabo de cavalo, e eu fingia coçar minhas picadas de inseto), Trish olhava diretamente para eles. Tinha nariz pontudo e cabelos finos e lisos. Fitava a boca dos garotos, não os olhos, e estava com os próprios lábios um tanto separados. Quando Trish fazia isso, eu achava que ela era boba, mas depois entendi que havia outros motivos.

Jesse percebeu que Trish olhava para ele. Devolveu o olhar, languidamente, esfregando a barriga com uma das mãos. "Porque ele está no Exército", respondeu. "Estamos em guerra com os russos. Vocês não sabiam?" De repente, seu rosto se iluminou. "Porra, Sid – lá vem ele!"

Tinha aparecido a picape branca de Ed Trout, e ela vinha descendo a estrada devargarzinho. "Vamos, vamos, vamos!", disse Jesse. Ele instigou o pônei, batendo os pés com força contra a barriga do animal. O pônei, pego de surpresa, disparou cruzando a estrada e mergulhou direto no trigal do outro lado. Jesse escorregou para um lado, endireitou-se e escorregou para o outro lado, agarrado ao pescoço do pônei. Sid seguiu Jesse. Vi um momento de confusão, e depois deleite, passar pelo rosto de Lu. Ela instigou seu pônei. Eu instiguei o meu. Todos mergulhamos no trigal atrás dos meninos, cortamos trilhas, corremos às cegas.

Quando saímos de lá, perto da fazenda dos Ballard, olhei por sobre o ombro. À distância, dava para ver a picape branca vindo atrás de nós. Meu coração estava disparado.

"Por aqui!", disse Sid.

Galopamos estrada abaixo e depois nos enfiamos no mato atrás da casa dos Lyall. Esperamos lá, ofegantes, escondendo-nos. O cheiro de um arbusto de lilases estava muito forte. Para um lado, havia as ruínas de uma casa velha. O estrado de metal enferrujado de uma cama ainda estava num dos quartos.

Ouvimos a picape passar. Um instante depois, ela virou e voltou pelo mesmo caminho. Depois o barulho foi ficando mais baixo. Esperamos o som desaparecer por completo e então fomos andando através das árvores até chegar ao quintal dos Lyall.

Amarramos os pôneis ali, nas arvorezinhas esparsas que ficavam junto aos montes de lixo, com rédea suficiente para que os animais conseguissem pastar. A grama estava muito alta, talvez por causa do lixo. Já havia uma multidão lá. Michael Melton, com os dedos dos pés se agarrando à fina borda metálica da piscina, mergulhava da maneira clássica (viam-se os pelos das axilas quando ele levantava os braços) ou caía na água dando bomba mesmo. O que realmente importava era acertar alguém:

Michael, antes de mergulhar, mirava direto a cabeça da pessoa.

Todos entramos na piscina. Shirley não estava de maiô e, por isso, entrou de roupa. Tentou organizar uma das brincadeiras, agora sobre o rei Artur e os cavaleiros da Távola Redonda (ela faria o papel de Guinevere), mas ninguém deu bola. Nem mesmo Trish e eu, as menorzinhas, lhe demos atenção. A verdade era que estávamos cansadas demais de fazer o que ela mandava. Além do mais, havia tantas outras coisas para ver agora! Só Tim Lyall lhe prestava atenção, muito educadamente, e sua límpida fisionomia renascentista nunca se desviava do rosto de Shirley. Tim parecia dar ouvidos a qualquer um que falasse com vigor e convicção e, talvez justamente por isso, parecia ter uma queda especial por Shirley. Ela logo se conformou em se dirigir apenas a ele. Foram se deslocando, aos pouquinhos, até ficarem à parte na lateral da piscina.

Marcy também apareceu. Usava *jeans* muito justo, embora fosse verão, e uma camisa transparente com costura prateada. Tinha treze anos, o mesmo que Lu. Apoiou-se na piscina com os cotovelos e perguntou a Sid se ele tinha cigarro. Tremendo, todo roxo, Sid saiu da água, mais que satisfeito em atender. O cabelo de Marcy, do preto-azulado mais brilhante que eu já tinha visto, descia até os ombros e era penteado para trás num topete. Marcy não ia se molhar junto com a gente. No ano seguinte, estaria na oitava série.[7] Seu sutiã aparecia através da camisa – todos olhávamos para ele. Ela, com um olhar ausente, se afastou de novo, totalmente consciente

7. Correspondente no Brasil à sétima série tradicional. (N. T.)

do efeito que havia causado, e foi conversar com Denise Lyall. Esta era ainda mais velha do que Marcy, mas tinha repetido o ano e estava sentada dentro de casa com uma permanente no cabelo. Um pouquinho depois, chegou Bonnie Rider. Ela ficou alguns minutos olhando para a piscina, sem dizer nada, com o rosto grave e imóvel aparecendo logo acima da borda. Depois disso, entrou também na casa.

No que se referia a nadar, satisfazia muito mais se fosse no riacho. Aqui, nesse mundo do cubículo de plástico, não havia nenhum espaço para se mexer de um lado para outro. A água estava estagnada e cheia de fluidos humanos. A qualquer momento, a gente podia ser atingida por um salto-bomba. Mas a cena era absolutamente fascinante. Eu via Lu observar tudo, comprimindo-se contra a borda, com a cabeça inclinada para o lado e uma mecha de cabelo presa na boca.

Naquela noite, Lu e eu ficamos deitadas mas acordadas, enxergando o sutiã de Marcy através da camisa, o dente escuro de Sid, Ed Trout correndo atrás da gente, nossos corações batendo forte de empolgação.

Dali para a frente, saímos para cavalgar com os meninos quase todo dia. Às vezes passávamos na casa deles para buscá-los. O quintal dos Kalowski estava sempre quieto. Havia uma moita de hibisco-da-síria, um varal, carros virados, uns gatinhos escuros aqui e ali. O pai, um mecânico com uma mecha loura desencontrada, costumava olhar de trás de um dos carros. A mãe estava quase sempre dentro de casa. Tinha rosto angelical, como o de Jesse, mas cabelo arrasado pela química. Do lado de dentro, a casa era escura e cheia de sofás e cadeiras estofadas. A mãe passava a maior parte do tempo sentada no sofá, com a filha de oito anos, vendo TV. Assim como o pai dos meninos, era muito nova. O casal dormia no andar de cima, numa cama grande em forma de coração. Quando um vizinho vinha reclamar dos meninos, o pai se escondia atrás de algum capô. A mãe saía da casa e escutava, assentindo com a cabeça, perplexa, parecendo uma garotinha. Depois tornava a entrar. Em cima da TV, havia uma foto do filho mais velho.

Ou os meninos vinham à nossa casa. Ainda que nosso pai tivesse ido embora um bom tempo antes e a casa tivesse mudado muito desde então – havia sido construída uma extensão, e agora existiam portas e cômodos propriamente ditos –, ela continuava com fama de ser casa de hippies. Ou pelo menos era o que Shirley nos tinha dito, com boatos circulando sobre paredes pintadas de todo tipo de cor engraçada, sobre experiências esquisitas e sobre festas de arromba. Na primeira vez que os irmãos Kalowski vieram, foi inevitável que ficassem decepcionados. As paredes tinham cor de madeira, e não havia ninguém por lá. Mas ainda restavam algumas coisas das quais se admirar: o balanço pendurado do meio do teto – Lu subia nele e fazia todos os truques que conhecia – e os quadros de gente pelada, pintados por um amigo da nossa mãe. Os meninos chegavam e ficavam em pé em frente às pinturas de nus, sussurrando e cutucando um ao outro com os cotovelos. Estavam ansiosos para ver nossa mãe nadar pelada, como Tim Lyall tinha visto. O que eles não sabiam era que nossa mãe também havia mudado. Embora ainda fosse nadar pelada, e não muito tempo antes houvesse passado uma noite na cadeia por protestar numa usina nuclear, ela recentemente havia passado um tempo presidindo a Associação de Pais e

Mestres. Os meninos ficaram por ali, esperando que nossa mãe aparecesse, e, quando ela o fez, a olharam de cima a baixo. Como era verão, e nossa mãe ficava a maior parte do tempo na horta, estava descalça e usava *short* cortado de calças. Lu e eu sabíamos o que os dois meninos estavam pensando.

Nós os levamos até onde nadávamos, e todos mergulhamos direto, ainda montados nos pôneis, quentes e pegajosos, sem nem tirarmos a roupa. Os pôneis balançaram no início, com os cascos afundando na lama do fundo. Mas depois, com os pescoços esticados e as cabeças pulsando para a frente, começaram a nadar. Eu me agarrei com as pernas ao dorso do meu pônei. A água fazia a gente sentir tudo diferente. Lu deixou as pernas soltas, livres para fluírem atrás dela, apenas se agarrando à crina do pônei com as duas mãos.

Os meninos saíram da água. Sid tremia. Tinha um sorrisinho estranho sempre que estava molhado e parcialmente vestido, como se estivesse com medo ou nojo do próprio corpo. "Você viram o filme *2001: uma odisseia no espaço*?", perguntou.

Lu e eu fizemos que não com a cabeça.

"Eu também não. Mas há um computador lá que tenta tirar os humanos do controle."

Jesse, refrescado, muito branco, foi coçar as costas contra uma árvore próxima.

As figuras dos nossos pais se esmaeciam. Eu via isso no rosto da minha irmã. Não estávamos mais pensando tanto neles, no nosso pai que se sentia abandonado, no novo namorado que nossa mãe tinha. Também não estávamos preocupadas com as outras coisas com que costumávamos nos preocupar, como a escola no ano seguinte. Nosso pensamento estava em outro lugar, em sair cavalgando com os meninos por entre as árvores. A água do riacho se agarrava à nossa pele, cabelo, roupa. Mergulhamos de cabeça no mundo e depois, também de cabeça, na cama. Acordávamos cheirando à água do riacho, ou à água da piscina dos Lyall, e aos pôneis.

Logo Trish não tinha mais permissão para brincar conosco e os irmãos Kalowski. Eram "maus meninos", diziam os pais. Lee, o irmão mais velho deles, estava na cadeia. Agora Trish sentava sozinha na sua casa, olhando pelas janelas. Era um gesto de caridade ainda passar para vê-la quando podíamos estar nos divertindo tanto.

Os meninos mentiam. Contavam histórias sobre o irmão. ("O submarino onde ele tá já chegou na Rússia", disse Jesse. "Estão espionando o litoral lá.") Shirley mentia. As mentiras davam caráter surreal ao mundo.

Apareceram-me as primeiras pontinhas de seio. Lu, mais velha dois anos, não tinha nada. Shirley tinha seios de verdade. Quando começou a desenvolvê-los, cedo demais, Lu havia adorado ainda não ter nada. "Pois você ainda vai se lamentar", tinha dito Shirley. E agora Lu se lamentava. Um dia, ouvi os meninos andarem atrás de nós e cochicharem sobre nossos seios. Eu os vi olharem fixamente para nossas camisetas. Eram curiosos e, perto de Shirley, perdiam mais a timidez. Uma vez a chamaram de lado e fizeram perguntas, numa conversa que ela nos contou depois.

"A Lu tem pelos lá embaixo?"

"Não."

"E a Maeve? Tem?"

"Não."

"E você? Tem?"

Ela respondeu que sim.

Também estávamos curiosas sobre eles. Pelos calções, podíamos ver quando tinham uma ereção. A voz de Sid estava mudando. Ele tinha alguns pelos nas axilas.

Os meninos contavam vantagem disto e daquilo, mas nada acontecia. Ainda não. Na piscina dos Lyall, todo o mundo se remexia, se movia, forçava as coisas. Shirley também tomava parte nisso. Minha irmã e eu observávamos. De tanto vermos os amigos dos nossos pais se divertirem nas festas, sabíamos bastante sobre o sexo. Estávamos um pouco para trás e, ao mesmo tempo, muito adiante. O que tinha sido proibido para os outros garotos não tinha sido para nós. Já havíamos visto mais adultos nadarem pelados do que nos dávamos ao trabalho de lembrar. Mas o que ainda não tínhamos visto eram coisas como o pai de Michael Melton, com os olhos vermelhos, lançando insultos e, da varanda, disparando a arma cegamente contra a estrada. Os meninos disseram que Michael Melton ia à casa deles à noite e fazia sexo com os pôneis, certamente outra mentira. Ainda não havíamos sido expostas a violência nem crueldade daquele tipo – a maneira que, por exemplo, Michael Melton atirava um gatinho com força contra uma árvore para lhe rachar o crânio.

Quando meu pônei se feriu um dia, cavalguei ao lado de Sid no pônei dele, perna com perna, meus braços em volta do seu peito ossudo. Eu sentia um monte de coisas, como minha cabeça repousando nas costas dele, com a camiseta fina e quente de Sid contra meu rosto.

O céu de verão se espiralava para cima. Jogava uma luz de fantasia sobre o trigo, o capim, as árvores. Lu e eu estávamos deitadas mas acordadas, com o coração batendo forte. O mundo estava diferente agora. Pensávamos em outras coisas: no futuro, no espaço sideral, não nos nossos pais, não em Shirley e seus jogos hierárquicos.

Saíamos cavalgando na chuva forte, debaixo de raios. Ou esperávamos um pouco embaixo das árvores até que ela passasse. Sid, pele e osso, tremia, com o rosto arroxeado. Minha irmã se deitava sobre o lombo do cavalo. Sua camiseta amarela se agarrava à pele. As árvores nos abrigavam quase completamente da chuva. Uma trovoada cruzava o céu. Depois um raio. Lu se levantava.

—

Naquele ano, quando começaram as aulas, as coisas também tinham mudado. Agora estávamos nas séries intermediárias. Nossa escola primária havia sido um pequeno prédio avermelhado com fileiras de árvores e parquinho do lado de fora. Já a nova escola era enorme e angulosa, de blocos de cimento, quase sem janelas. Em vez de parquinho, havia uma grande quadra coberta. Todas as escolas primárias da região, inclusive a nossa, mandavam seus alunos para lá. Nos largos corredores de concreto, as lâmpadas fluorescentes lançavam uma luz muito forte, ofuscante. Multidões se acumulavam. Havia muito poucos professores para controlar toda a garotada, e o diretor parecia ter muito prazer em usar a palmatória.

Aos irmãos Kalowski, a escola proporcionou todo um novo conjunto de oportunidades para aprontarem. Embora tivessem começado na sexta e na oitava série, foram logo postos na turma dos "retardados", que era tanto para os mentalmente retardados quanto para os simplesmente muito maus. Os meninos e seus amigos da mesma turma percorriam os corredores como uma horda de saqueadores, atirando coisas, gritando, batendo nas portas ao passarem. Lu e eu estávamos no grupo dos "talentosos e muito dotados". Os amigos dos meninos faziam comentários sobre nós. Eles nos agarravam entre as pernas quando passávamos nos corredores. Os irmãos Kalowski não se atreviam a fazer eles próprios essas coisas, mas não podíamos deixar de matutar se não estariam comandando as operações. Um amigo deles em especial, Marshall, sempre me agarrava entre as pernas. E eu, sempre que o via vir na minha direção, dava as costas para a parede e ia deslizando ao longo dela.

Sid furtava coisas: canivetes ou chapéus dos armários dos meninos, revistas científicas da biblioteca. Era tão magro que conseguia fazer as revistas escorregarem pela parte de trás das calças. Jesse era mais ostensivamente mau. Beliscava a bunda da professora de estudos sociais (a srta. Dandy tinha grandes e belas curvas por todo lado, aí incluída a bunda, mas arrastava uma perna) ou armava briga com outro garoto na quadra. Ao ser despachado para a sala do diretor, tinha seu olhar habitual de medo misturado com deleite. Os meninos ficavam em detenção o tempo todo. Levavam palmatória. O sr. Loehmann, o diretor, era homem de compleição mediana, com óculos de armação metálica e dentes serrilhados. Usava camisas de listrinha colorida. Seus ombros arredondados eram grandes demais para o resto do corpo. Devia ter muita força, ou pelo menos tê-la adquirido com todos aqueles golpes de palmatória que dava.

No final do dia letivo, os ônibus amarelos de frente arredondada se enfileiravam na frente da escola. Os irmãos Kalowski, com as mãos na bunda, vinham para o ônibus depois de terem levado palmatória. Um dia, quando a longa fila de ônibus começava a andar, Marcy se levantou e berrou: "Esperem!". Olhamos e vimos Jesse sair correndo pela porta da frente com o sr. Loehmann no seu encalço. Jesse corria para o ônibus, e o diretor vinha logo atrás dele. O motorista, o sr. Hershey (um ruivo barbudo que, a cada poucos minutos na estrada, indo ou vindo da escola, erguia o olhar para seu grande espelho inclinado e gritava: "Fiquem quietos!" ou "Fiquem sentados!"), esperou só mais um segundo enquanto Jesse se aproximava e abriu a porta. Jesse pulou para dentro, o sr. Hershey fechou a porta, e o ônibus arrancou, deixando o sr. Loehmann na calçada. Todo o mundo ficou alucinado. O sr. Hershey fingiu não entender nada, mas um momento depois, quando saíamos do acesso da escola, Trish e eu o vimos sorrir.

O ônibus era um mundo à parte. Era como estar numa sala onde tudo soava alto demais, com música tocando, gente gritando, a TV ligada. E, do lado de fora, a paisagem silenciosa que ia passando: trigais, milharais, fazendas, grupos de árvores. Todos se remexiam, tensos, para se esconderem ou se fazerem ouvir. As janelas se embaçavam com a respiração e o suor. Jesse estalava a alça do sutiã de Marcy. Michael Melton, ameaçador, vinha pelo corredor para agarrar o menino retardado. Shirley, virada no assento e apoiada num joelho, gritando mais alto do que o ruído ambiente, falava a Bonnie Rider sobre vidas passadas. Às vezes, um ou outro dos maus meninos urinava e, dependendo de estarmos descendo ou subindo ladeira, a urina escorria para a frente ou para trás no corredor.

Era um alívio sair do ônibus para o ar livre, que agora, no final do outono, dava a sensação de estar fresco e límpido, embora nossos ouvidos ainda estivessem zumbindo. Os Lyall e os Melton se espalhavam para suas casas. Os pais de Trish esperavam para apanhá-la. Marcy e Bonnie Rider caminhavam conosco.

Shirley continuava com o que estava dizendo. "Eu fui a rainha Elizabeth I."

"Mas como é que você sabe?", perguntava Bonnie.

Lu, carregando seu violino, caminhava ao lado delas. Os dias estavam ficando mais curtos, e a luz rosa-amarelada do pôr do sol já estava no ar.

"A gente simplesmente sabe."

"Mas então isso quer dizer que, na próxima vida, a gente vai ser alguém diferente?", perguntou Bonnie.

"Vai, com certeza", respondeu Shirley.

"A gente vai mesmo voltar e ser outra pessoa, com uma vida diferente?"

Shirley deu de ombros, deliciando-se em ter Bonnie Rider prestando atenção a cada palavra sua. "Mas é claro."

Sid apareceu ao meu lado. Tinha uma revista de ciências enfiada por trás das calças. "Você sabia que uma guerra nuclear vai significar o fim do mundo?", disse ele. "Tudo, o planeta inteiro, vai ser destruído."

Marcy estava de olho em Jesse. Ela, andando ao lado dele, era uma cabeça mais alta. "Ei, você tem cigarro?", perguntou ela.

Jesse enfiou a mão no bolso e tirou um cigarro torto. Achou uns fósforos e acendeu para ela. Ficou olhando enquanto Marcy se inclinava, com o rosto dela perto das suas mãos.

"Você sabia que o nosso irmão, o Lee, foi capturado pelos russos?", disse Jesse. Ele enfiou a mão por dentro da jaqueta para tocar a própria barriga.

Marcy tragava, balançando os cabelos de um jeito descolado. “Mas o que é que os russos querem com ele?”, perguntou.

“Estão tentando fazer que o Lee revele segredos nucleares.”

“Verdade? E ele conhece segredos nucleares?”

“É claro! Ele conhece de tudo.”

Às vezes ainda saíamos para cavalgar nos fins de semana, mas havia ficado frio e Lu e eu tínhamos outras coisas a fazer, como o dever de casa.

Sid e Jesse nunca faziam o dever de casa e nem mesmo iam sempre à escola. Um dia, a mãe de Jesse lhe prometeu vinte dólares se ele tirasse um A em alguma prova. Ele perguntou a Lu e a mim se podíamos ajudá-lo. Era uma prova de geografia, e Jesse tinha que decorar os nomes dos continentes e oceanos. Ele veio à nossa casa para estudar e ficou distraído apenas por um momento quando viu nossa mãe. No dia seguinte, voltou da escola segurando na mão erguida a folha da prova. Tinha tirado A. A mãe ficou radiante. Está claro que Jesse poderia ter continuado assim, só com um pouco de estudo, e se dado bem. Mas não era o que lhe interessava. As recompensas que outras coisas traziam eram mais gratificantes. Ele tinha isso no sangue, a excitação de ser ruim, algo muito mais inebriante que qualquer nota A.

Lu e eu continuávamos na nossa rotina escolar. Para refutar quaisquer boatos estranhos a respeito da nossa casa, tentávamos agir o mais normalmente que podíamos. Levávamos pentes nas mochilas e balançávamos os cabelos, tentando imitar as meninas mais descoladas e populares. Recompensa, para nós, era tirar nota A. E tirávamos. Mas também nos sentíamos divididas quanto a isso. Sempre nos sentíamos divididas com aquela tendência a tirar A, porque tirar A não era legal. Tentamos parar, mas não conseguimos. Ficamos num impasse. Andávamos por aí com nossos amigos. Nos corredores, nós duas nos desviávamos para evitar ser atiradas contra os armários por um professor, que estava furioso e desesperado demais para ver em quem ia batendo. Andávamos junto à parede para evitar que nossas partes íntimas fossem agarradas pelos amigos de Sid e Jesse. Tocávamos instrumentos na orquestra, minha irmã, o violino, eu, o violoncelo. Minha irmã foi evoluindo para o centro das atenções – eu ainda era apenas figurante – e logo se tornou líder de torcida, um passo enorme rumo a ser considerada muito legal e popular. Já eu continuei tirando A, debilitando-me.

Shirley também não era considerada tão legal, mas ser peituda a ajudava muito de outras maneiras. Ela e Lu ainda eram amigas. Andavam por aí levando os cadernos e livros erguidos junto do peito. Mas Lu também tinha outras amigas, ainda mais agora que era líder de torcida, e Shirley havia encontrado outros acólitos para escutá-la. Trish, que agora tinha doze anos (como eu) e não podia cavalgar conosco e com os irmãos Kalowski porque os pais morriam de medo de que engravidasse jovem, tinha começado muito de repente, do nada, a dar amassos com os meninos entre os armários. Embora ela estivesse muito ocupada com isso, ainda éramos amigas.

Lu e eu ainda éramos amigas dos irmãos Kalowski, apesar de tratar-se de uma forma estranha de comunicação – como se fôssemos espiões que iam se encontrar na fronteira de territórios estrangeiros e falavam em código. Trocávamos confidências nos corredores. Tanto Lu quanto eu, em momentos diferentes, lhes dávamos cobertura. Certa vez, Sid passou correndo por mim e me entregou um canivete. Eu não sabia o que fazer com ele e o enfiei no bolso da frente do meu *jeans*. Sid estava sendo perseguido. Aquele dia todo, o canivete ficou ali, pressionando contra minha coxa.

De outra feita, no corredor, Lu mentiu por Jesse, dizendo que o tinha visto ir numa direção, quando ele tinha era ido na outra. Alguns minutos depois, enquanto Lu caminhava pelo corredor conversando com uma amiga também líder de torcida, a professora de ciências, a srta. Lehr, que tinha modos rudes e cara quadrada, agarrou Lu por trás, pelos cabelos.

"Você sabe qual o nome que dão a isso?", disse a srta. Lehr, aproximando da cabeça de Lu aquele cabeção quadrado. Tinha voz rouca, sensual. "É cumplicidade e acobertamento." A srta. Lehr ainda estava com a cabeça de Lu tombada para trás, expondo o pescoço da minha irmã. A srta. Lehr parecia estar adorando, e parecia querer manter Lu naquela posição pelo tempo que pudesse. Nesse dia, Lu, com o rosto ardendo e as raízes dos cabelos ainda doendo, ficou em detenção depois da aula.

Às vezes eu encontrava Marcy, em geral no banheiro. Ela se olhava no espelho, passando rímel (usava-o bem escuro na pálpebra inferior) e cantando baixinho para si mesma: *Welcome to the Hotel California*... Certa vez, eu estava em uma das cabines do banheiro quando ela, Denise Lyall e Bonnie Rider entraram. Falavam alto e estavam de bom humor. Ou pelo menos Denise e Marcy estavam. Marcy carregava pedaços de giz colorido, provavelmente roubados da sala de ciências. Eu espiava. Conversavam sobre rapazes. Com o giz, Bonnie escreveu FODA-SE em letras grandes na parede. Por alguma razão, fiquei com medo e continuei onde estava. Denise dava muita risadinha. Bonnie observava. Ela sorriu. Parecia ter um segredo.

Aí aconteceu uma coisa extraordinária. Marcy resolveu que queria "ficar com" Jesse, embora ele fosse mais novo que ela e estivesse na turma dos retardados. Marcy mandou o recado para ele através de Denise.

A satisfação de Jesse foi algo impossível de calcular. Agora Marcy caminhava pelo corredor com ele, tendo a mão de Jesse na bunda. Sentavam juntos no ônibus. Pela expressão de Jesse, sentado ali com o braço passado pelo ombro de Marcy, estava claro que ele não conseguia acreditar na própria sorte. Nenhum de nós conseguia. Denise Lyall e Bonnie Rider sentavam em frente a eles, para que as três garotas pudessem conversar. Denise tentou flertar com Sid, mas não funcionou. Ele era tímido demais. Bonnie Rider observava tudo com olhar grave. Uma vez fora do ônibus, Jesse e Marcy entravam na mata atrás da casa dos Lyall para fazer coisas na cama abandonada que havia lá. Tinham arranjado um colchão de espuma e uma pilha de cobertores, contou Tim Lyall. Mas também não conseguiam esperar e faziam coisas na escola mesmo. Marcy, se Jesse pedisse, não usava roupa de baixo. Ela o deixava desabotoar seu sutiã atrás da quadra. Uma vez, passei por eles quando se agarravam entre os armários, e ouvi Marcy gemer. Durante muito tempo, não consegui tirar aquele som da cabeça.

Um dia, depois que Marcy e Jesse desapareceram na mata, Sid se aproximou de mim quando voltávamos do ponto de ônibus para casa. Lu e Shirley caminhavam mais à frente. Sid estava inquieto, olhando em volta como se estivesse com medo de alguma coisa.

"Eu poderia beijar você", disse ele.

Olhei para ele, surpresa demais até para corar. Sid se afastou, com uma revista de ciências enfiada por trás das calças.

Depois disso, ele se aproximava de vez em quando, passando por mim no corredor da escola ou no caminho do ponto de ônibus até em casa, e dizia bem baixinho, para ninguém ouvir: "Vou beijar você em breve".

No início, quando ele dizia isso, eu ficava confusa. Eu não tinha realmente certeza de que queria beijar Sid ou qualquer outro. Quando via minha amiga beijar garotos entre os armários, com as bochechas dela esticadas e contorcidas, aquilo não me parecia algo que eu quisesse fazer. Mas, embora eu não tivesse certeza de que queria beijar Sid, comecei a esperar ansiosamente que ele me dissesse aquilo. Sid falava como se fosse uma ameaça, mas aquilo não era ameaçador. E, quanto mais ele falava e não fazia nada, mais eu ficava curiosa.

Uma vez, no caminho do ponto de ônibus para casa, Sid me agarrou pelo pulso e sussurrou aquilo, com os lábios tocando de leve minha orelha. Virei meu rosto para o dele, mas Sid outra vez se afastou rapidamente.

Acabei não aguentando mais, e certo dia, um sábado no início da primavera, desci até o pasto para pegar meu pônei e, sem dizer nada a ninguém, subi a estrada sozinha. Fui pelo caminho de trás, para não passar em frente à casa de Shirley. O solo ainda estava congelado, mas já se viam os primeiros brotos verdes nas árvores.

O quintal dos Kalowski, como sempre, estava quieto. Toquei a campainha. A mãe deles saiu, com o cabelo coberto por uma touca de plástico azul.

"O Sid está?", perguntei.

Ela gritou para chamá-lo. Ele respondeu. Jesse, como imaginei, não estava por perto, e sim em algum lugar com Marcy.

"Uma das meninas está aqui e quer ver você."

Sid apareceu na escada. Ele me viu e pareceu ficar com medo na mesma hora, como se soubesse para que eu tinha vindo. Recolheu o rosto. "Já vou", disse, e subiu de novo.

Mas não veio. A mãe me convidou para assistir TV com ela, mas respondi que esperaria do lado de fora. Esperei e esperei, e Sid não veio. Comecei a sentir frio só de ficar ali em pé. Vi o rosto de Sid numa janela do andar de cima, escondendo-se quando olhei para cima.

Mas não fui embora.

Por fim, com relutância, Sid saiu. Eu estava junto ao meu pônei.

"O que você quer?", perguntou ele, chutando um pedaço de terra congelada. Parecia estar tendo dificuldade para fazer com que as palavras saíssem.

Dei de ombros. Senti uma onda de mal-estar. Eu já mal sabia por que estava lá. Mas então agi, como se às cegas. "Venha cá", disse-lhe. Conduzi meu pônei através do quintal, em direção aos fundos do celeiro.

Senti que estava mesmo me movendo às cegas. Eu não sabia o que fazia. Não queria fazer aquilo. Sid parecia preocupado. Olhou em volta e me seguiu com fisionomia infeliz.

Nos fundos do celeiro havia estábulos, dando para o pasto. Parei ali.

Sid também parou. Ele se remexia, nervoso.

"Você sabia que existem dois bilhões de buracos negros no universo?", disse ele.

"O que é buraco negro?", perguntei, passando as rédeas do meu pônei num gancho.

"É um buraco escuro e vazio sem nada dentro. Sem luz, sem ar, sem fundo. Nada." Ele riu nervosamente. "Se você cair dentro, simplesmente desaparece."

Dei um passo em direção a ele. Sid se curvou para se afastar de mim. Depois, deu mesmo um passo para trás. Estava com uma expressão amedrontada, enevoada. Agora, suas costas pressionavam contra a parede do estábulo.

Eu estava me movendo sem pensar. Estiquei-me e pus os lábios de encontro aos dele. Sid inclinou um pouco a cabeça para trás. Riu nervosamente e olhou em volta. Aí, como se não tivesse escolha, inclinou-se e pôs a boca na minha, provando-a. Seus lábios eram macios. Quando afastou o rosto, seu olhar já estava diferente. Sid se aproximou, me beijou de novo e, para minha surpresa, pressionou a língua para dentro da minha boca, primeiro só um pouquinho, depois todinha. Senti alguma coisa se mexer de um lado para o outro enquanto subia entre minhas pernas até a garganta.

Depois disso, caminhamos através do quintal congelado, passando por uma pilha de motores velhos. Sid estava diferente. Acendeu um cigarro. Seu passo tinha ficado mais ágil. Eu também me sentia mais feliz. Passamos pela moita de hibiscos, agora só um esqueleto de galhos. Imaginei como seria no verão, explodindo em flores roxas do tamanho da mão.

Numa manhã daquela primavera, Bonnie Rider se matou. Tinha planejado tudo com antecedência: foi para o lago atrás de sua casa, amarrou pedras nos pés e entrou na água. Aconteceu durante o fim de semana. Descobrimos porque anunciaram pelo alto-falante da escola. "Lamentamos informar o passamento de Bonnie Rider durante o fim de semana."

"'Passamento'?", sussurrou Trish do outro lado do corredor. "O que é que isso?"

"O mesmo que falecimento", respondi, embora olhasse em volta ao dizer isso, pois eu mesma não tinha certeza. "Ela morreu."

Quatro dias depois, Marcy e Denise decidiram fazer a mesma coisa. Estavam ao telefone juntas, segurando nas mãos as armas de caça dos pais. Nos bilhetes que deixaram, disseram que "queriam ficar com Bonnie". Depois, quando vimos que elas não estavam no ônibus, achamos que era porque estavam chateadas por causa da Bonnie. Mas aí soou no alto-falante o anúncio de que Marcy também havia morrido. Denise tinha desistido no último minuto.

Por um momento, a movimentação, a pulsação e os empurrões no ônibus pararam. Na verdade, durante uma fração de segundo, pareceu que o mundo estava acabando. Aí tudo recomeçou, mas diferente. Shirley, numa voz calma, contou sobre todas as figuras históricas que ela conhecia que haviam se matado. "O suicídio", explicou, "é uma prática muito antiga." Embora já tivéssemos nos cansado de ouvi-la, achamos que nunca ficamos tão aliviadas em escutar a voz de uma pessoa quanto naquele instante.

Veio o verão, e ainda saíamos para cavalgar, ainda nos divertíamos muito. As vozes dos meninos estavam mudando, nossos seios estavam crescendo, eles tinham mais pelo nas axilas, mas ainda era possível. Jesse estava um pouco diferente, com o rosto mais pesado, a aparência menos angelical. Algo realmente inexplicável de muito ruim tinha acontecido. Os meninos mentiam menos – de que adiantava ficar inventando coisas? Dessa vez, a realidade havia ultrapassado a fantasia. Ainda íamos à piscina dos Lyall. Os meninos pegavam caca de cachorro e a botavam nas caixas de correio. Eles derrubavam placas de sinalização. Mas as coisas estavam mudando em toda a nossa volta – nós estávamos mudando. O tempo avançava, não podíamos pará-lo. Lu e eu estávamos indo numa direção, e os irmãos Kalowski, em outra.

Durante o ano letivo seguinte, nós nos separamos ainda mais. Lu e Shirley ficavam esperando os namorados, saindo para encontros. Os irmãos Kalowski começaram a cometer os primeiros pequenos crimes. (Em dado momento, suspeitou-se que tinham invadido nossa casa e roubado coisas: uma pintura com gente nua e uma lata da maconha do namorado da nossa mãe.) E, no ano depois disso, Lu e eu mudaríamos de escola. Embora nosso pai não morasse conosco, ele e nossa mãe ainda tomavam decisões juntos. Tinham resolvido que deveríamos ir para uma escola diferente, pois aquela não era boa para nós. Nossos pais eram chamados de hippies, mas estavam pensando no nosso futuro. Tinham separado dinheiro para nós. Minha irmã e eu iríamos para a faculdade, e os irmãos Kalowski iriam para outras coisas. Como já quase não os víamos mais, não soubemos exatamente que outras coisas, mas havia boatos – prisões por droga, a paternidade quando ainda eram muito novos.

Mas tivemos aquele último verão. Agora, a moita de hibisco estava totalmente florida e lançava uma sombra preta no chão. Sid e eu ainda nos beijávamos às vezes, em segredo, atrás do celeiro. Eu ficava pensando muito no ato de beijá-lo. Sua boca era macia e volumosa. Sid punha o dedo no meu umbigo. "Me dá a tua língua", dizia ele. No pasto, cavalgando, eu olhava para ele. Desde aquele dia em que fui me encontrar com ele, eu podia ver que Sid estava diferente. Ele não tinha mais tanto medo. Eu também estava diferente. Eu sabia. Eu tinha um segredo. Não tinha nada que ver com ninguém, nem com meus pais, nem com as garotas. Eu já não era a menos, nem a menor. Eu tinha um segredo, fora das vistas de todos, desabrochando dentro de mim. Eu o levaria comigo para o mundo.

RETORNO

Em volta da casa há roseiras-bravas com espinhos. A casa das cabras desmoronou. As macieiras ficaram cinzentas e velhas. Outras brotam do chão perto delas. O caminho que as crianças costumavam tomar para ir ao pasto se cobriu de mato. Ninguém mais passa por ali. A urtiga cresceu forte, alta, brilhante. O riacho mudou de curso. O lugar para nadar – ainda há um lugar para nadar, e a mãe das crianças ainda nada ali com o marido – está num ponto diferente, porque o antigo ficou raso demais. Dá até para ver as pedras debaixo das ondulações da água. A casa também mudou. Ganhou cômodos e paredes, como um crustáceo que se acresce de outra carapaça.

O marido da mãe deles tem um estúdio acima da casa, uma construção nova. O casal vem plantando uva. Tem colmeias. Sempre que as crianças – se é que ainda se pode chamá-las assim – vêm visitar, elas procuram ajustar em suas cabeças onde era que ficava uma coisa e onde é que está a outra agora. Embora suas vidas tenham outras histórias – partiram para a faculdade e para o mundo, voltaram para casa, descansaram em suas camas, que há muito ficaram menores que elas, e depois foram embora de novo –, elas continuam com esta história, de cuja existência nunca se esqueceram por completo. Esta história ainda se agita por baixo de tudo, murmurando, como a corrente submersa do riacho.

A casa. As velhas estantes, que eram tábuas de madeira bruta pregadas na parede. Os livros – lembram-se deles ao examinar os títulos, a enciclopédia, a peruca preta.

Todo aquele cochichar por toda a casa. Recordam-se de tudo, tudinho. Ou de absolutamente nada. Chegam famintos. Comem tudo o que há na cozinha. Depois tentam encaixar no balanço da sala os corpos avantajados. Jogam os mesmos jogos – gamão, pingue-pongue, cartas –, agora fumando. Ou novos jogos. Conversam. Trazem amigos.

A mãe manteve a casa. E manteve as coisas velhas deles, nos armários, em caixas. Dão uma olhada e vão pegando essas coisas – terrários, pedras polidas, bastões que contêm vagas lembranças, coldres, espadas de madeira. Nos gaveteiros, olham para o conjunto das roupas que restaram.

Voltaram para casa, a mãe vê os filhos voltarem para casa, e aí vão embora de novo.

Encontram-se com o pai em outro lugar. Fazem questão de vê-lo, da mesma maneira que ele fazia questão de vê-los quando eram crianças. Vão àquela casa-depósito em Washington, que ele ainda tem. A vizinhança melhorou de nível, e agora as pessoas até reclamam daquele quintal. Ou então vão à casa da namorada do pai. Ele voltou com uma antiga namorada, Lonnie, e fica na casa dela a maior parte do tempo. Às vezes, eles o veem quando viaja – vai visitá-los onde quer que morem. Fazem as mesmas coisas que antes: esquiam, vão nadar. Agora, no carro, são eles que às vezes dirigem. Mas o pai ainda tem teorias a respeito de absolutamente tudo e continua falando pelos cotovelos o tempo todo.

Em casa, no armário de entrada, encontram a velha bola marrom de futebol *association* e tentam enchê-la. Encontram também o bastão de beisebol, que antes era tão pesado e que agora parece uma pluma. "Este bastão é miniatura?", perguntam. "Este é mesmo o tamanho oficial?" Levam a bola de futebol para fora, para chutá-la pelo quintal. A casa se acalma. Todos aqueles corpanzis se foram outra vez, graças a Deus. Mas só por um instante. A porta se abre outra vez. Um deles volta para pegar a bomba – a bola ainda está muito murcha – e torna a sair. Por um momento agora, os cômodos estão habitados como costumavam ser quando as crianças moravam aqui, com as camas desarrumadas e as roupas jogadas pelo chão. A torneira da pia do banheiro está pingando. Há migalhas no balcão da cozinha.

As crianças cuidam de tarefas domésticas; os meninos cortam lenha. Ou vão de carro à cidade para resolver coisas, fazer compras no mercado. Ainda têm uma sensação gozada quando passam pela casa da mulher que tinha os siameses e a argila. Acima dali, fica a casa onde o homem que agora é marido da mãe deles morava com a esposa quando ambos ainda eram muito novos e as crianças iam lá para brincar.

Algumas coisas têm sentido agora. Outras continuam desconcertantes. Pegam um livro que os confundia e fascinava – *Filhos e amantes*, de D. H. Lawrence –, e ele, de repente, tem sentido. De repente, todo tipo de coisa tem sentido. Outras ainda não têm nem nunca vão ter.

Deitados nas camas, eles têm aquela sensação irrequieta de que cresceram durante a noite. Nem sempre estão certos de quando a mudança ocorreu – nem sempre sabem dizer se foram eles que mudaram ou se foi aquele lugar. Encolhem-se e sentem-se maiores. Agora alcançam e conseguem pegar as frutas nas árvores, quando antes elas pareciam tão distantes do chão.

Agora podem fechar as portas dos quartos – a casa, reformada, ganhou portas –, mas e para se esconderem? Para isso, ainda vão lá fora. Andam rapidamente, com as mãos nos bolsos. Ao cruzarem o quintal, sentem que o corpo fica quente e fica frio, como quando nadavam no riacho e passavam por pontos quentes e frios. Sentem medo, depois prazer. Têm grande ternura por certas coisas. Ali era onde as cabras se juntavam. Ali é onde ainda está a prensa de sidra, sem uso há anos. De repente, ficam furiosos. Como é que as coisas podem ficar assim anos sem uso? Eles deveriam se mudar de novo para lá, se instalar, fazer tudo funcionar de novo, fazer tudo ficar outra vez exatamente como era, replicar aquele mundo – mas para quê? Parece que de repente esqueceram que eles têm outros mundos e até outras pessoas esperando que voltem. E por que replicar aquele mundo que se foi? Porque ele era tão perfeito? Mas não era. Mas era. Perfeito porque era o mundo antes de o mundo ter mudado. Aí, qualquer mudança se torna uma mancha de imperfeição.

Ao andarem pelo caminho do pasto, gira em suas cabeças um remoinho de velhas imagens. E, enquanto isso, seus mágicos corpos animais permanecem imunes, banham-se de sol, erguem-se ao aroma estonteante das madressilvas, estendidas como cobertores sobre a cerca. Parece que esses seus mágicos corpos animais simplesmente vivem o momento, como sempre viveram, tanto antes quanto agora. Ficam tontos com a madressilva, banham-se de sol, como se nada tivesse mudado, como se o tempo não tivesse passado.

Descendo pelo caminho, o passado rodopia dentro de suas cabeças, e o futuro corre decidido ao encontro deles – mas quem eles jamais encontrarão, quem eles jamais conhecerão, que tomará o lugar disto? Será que algum ponto de suas peles doerá por causa de algum evento recente, alguma pessoa recente – isto é, uma pessoa que não seja do mundo da sua infância? Será que seus sonhos alguma vez saltarão para a frente, em vez de trazê-los de volta para cá? Será que terão de volta a totalidade de seus seres? Será que não terão mais aquela parte, aquele pequeno fantasma, que esperava por eles à margem do quintal? Aquele pequeno fantasma – olhem só para ela, lá está ela!

Ah, pode esquecer. Erguem as mãos em desânimo e espantam essas imagens da cabeça.

"Não vamos pensar nisso." Um se irrita, aborrecendo-se com a conversa. "Não me lembro de nada!"

Outra se lembra de tudo, até demais.

"Você inventou tudo, isso nunca aconteceu", diz uma terceira.

"Aconteceu, sim!"

"Eu era muito nova. Não me lembro."

"Muito nova? Mas você tinha catorze anos!"

Inventam lembranças. Confundem-se sobre o que aconteceu e com quem.

"Mas isso não foi com você – foi comigo!"

"Não foi, não. Olha só, eu ainda tenho a cicatriz."

"Mas eu também tenho cicatriz aí." Entreolham-se de um jeito estranho.

Agora percebem que o pasto não é tão longe quanto pensavam. Entram nele e o cruzam. O capim é o mesmo. Ainda se mexe com o vento da mesma maneira. Olham o riacho. Há lugares onde a água realmente mergulha; outros onde ela fica turbulenta, como uma borda de renda prateada em movimento; e há as poças profundas e brilhantes. Eles mergulham as mãos ali. Tiram as botas e entram na água, embora ainda esteja frio. Seus pés agora são mais delicados do que antes – parecem rosados e pálidos. As pedras do fundo os machucam. Não se lembram de terem sentido isso. Costumavam ficar horas de pé ali, brincando. Quando olham os álbuns de fotos, sempre ficam surpresos. Aquilo era tudo o que faziam – brincar e rir.

Cruzam o riacho e, do outro lado, deparam com um campo que nunca viram antes. Forçam a vista contra a luz. "Isto estava aqui o tempo todo?", perguntam. Como podiam ter deixado escapar isso? Os únicos campos que conheciam ficavam no alto do morro. Fazem perguntas uns aos outros. Achavam que conheciam cada pedaço dessas terra. Agora, ali de perto, veem um campo resplandecente. O que mais eles deixaram escapar? O que mais há de desconhecido?

Cruzam o riacho de volta e se esparramam na grama do pasto. Lembram-se de como costumavam desejar ser plantas e poder deitar muito quietos perto do chão a noite toda, para estarem cobertos de orvalho pela manhã. Acham que ainda desejariam a mesma coisa. Olham para cima. O capim debaixo deles é o mesmo, mas se renovou muitas vezes, e o céu já passou por cima mais de um trilhão de vezes. Um urubu voa em círculos. Está vindo atrás deles? Dessa vez ficarão quietos, não se mexerão. Antes ficavam com medo demais para esperar. Agora esperarão e verão se a ave realmente vem. O urubu paira, preparando-se. Lembram-se de já terem visto olhos que estavam sendo arrancados. Aí o urubu mergulha, direto para o rosto deles. De repente, eles o percebem muito perto, ouvem o barulho das asas, sentem o bico afiado.

Não conseguem esperar e se erguem para sentar. O urubu para, ascende, vai embora. Não estava afinal tão perto quanto pensavam. Continuam sentados ali e o observam enquanto se afasta.

Seria possível começar tudo de novo? Começar de novo. Reviver as coisas.

"Pra quê?", diz um deles. "Vamos simplesmente esquecer isso."

Jogam uma pedra no riacho. Mas é o riacho de que o corpo se lembra, como aqueles pontos quentes e frios que sentem ao atravessar o quintal.

Entram na mata. Ou sobem o morro onde começam os campos que sempre conheceram. Descobrem que os campos que se espalham do alto do morro são os mesmos pelos quais se passa ao rodar pela estrada a caminho do ponto do ônibus escolar – uma associação que nunca tinham feito.

E o mundo lá fora? Gostam dele? Bem, tiveram algumas aventuras. E amor? É, amor também. Sabem alguma coisa sobre isso, já se apaixonaram.

"Você se apaixonou?"

"Mesmo?"

Olham um para o outro, descobrindo nos outros seus próprios maneirismos. É assim que nosso pai mexe a mão, é assim que nossa mãe enviesa os olhos. Isso os faz rir. Reverem-se é algo que geralmente os faz rir. É como se tivessem se esquecido uns dos outros em algum ponto do caminho, ao tentarem ser eles mesmos, uns seres distintos, isolados no mundo. Mas, agora, cá estão outra vez, as crianças.

Estão uns com os outros, agora mais velhos, descendo até o pasto, chutando pedras, rindo, alguns fumando. Um pula nas costas do outro. Olhem só, as crianças, reunidas em bando. As meninas e os meninos. Dá para vê-los se a gente olhar pelas janelas da cozinha. Está tudo só começando, as vidas deles estão só começando. Quem sabe o que os espera?

A poeira começa a assentar. Logo eles se espalharão de volta para os seus mundos.

Saem da casa juntos. Ou então, enquanto os outros fazem alguma coisa, limpar os pratos, jogar pingue-pongue no porão, eles saem sozinhos, agora adultos – ou quase. Com as mãos nos bolsos, saem para o quintal. O mais impressionante é que tudo ainda está aqui. É, ainda está aqui. Ah, com mudanças, é claro. Passam por um lugar debaixo das cerejeiras – ali aconteceu alguma coisa, mas o que foi? Não têm certeza. A sensação dos seus corpos a pressionar a grama. Aí olham para cima, para as árvores, agora tão maiores. Lembram-se de como brincavam nelas, subiam nos galhos, passavam a vida inteira lá, pressionavam o rosto contra as folhas. Continuam andando, rumo à margem do quintal, lá onde cresciam os arbustos que davam bagas. Agora há um banco naquele ponto, contribuição do marido da mãe. Sentam nesse banco por um momento, olhando para a estrada. Foi ali, naquele lugar, não muito longe da caixa de correio, que eu uma vez fiquei parada num instante terrível, sem saber o que fazer.

Pois eu era uma dessas crianças e agora, com as mãos nos bolsos, assobiando uma musiquinha, eu me levanto e vou passeando para longe.

Agradecimentos

Meus muitos agradecimentos a Sarah Chalfant e Sarah McGrath, aos leitores Juan Pablo Domenech e Mary Gordon, aos consultores Clover Swann, Mary Swann e Leda Swann e às pessoas que me proporcionaram lugares para escrever – Henry Greenwalt, Horacio Kaufmann, Debi e Guntram Hapsburg e as famílias Ingram e Mueenuddin.

Resenhas sobre o livro

"[*Filhos de hippies*] está repleto dos prazeres e ansiedades viscerais da infância."
Los Angeles Times Book Review

"Hipnótico [...]. O estilo de Maxine Swann enfeitiça [...]. Os leitores não vão esquecer tão cedo esses retratos de *flower children* que lutam para desabrochar num mundo muito diferente daquele onde foram plantadas."
People

"Numa prosa lúcida e cristalina que vai e volta entre a primeira e a terceira pessoa, Maxine Swann expandiu um conto que ganhara um punhado de prêmios e o transformou num romance que é uma pequena joia – um romance que exibe o olho de Maxine para os detalhes, sua perspicácia psicológica, sua destreza para evocar determinado lugar e época. Maxine capta as incongruências na contracultura dos anos 1970 como vistas da perspectiva de uma criança; as atitudes cambiantes que a narradora e seus três irmãos têm em face do mundo adulto quando, de fininho, passam da infância para a adolescência; e as incontáveis maneiras pelas quais o correr do tempo matiza o passado."
New York Times

"Um livro que faz pensar [...]. De modo hábil e vívido, Maxine Swann sintetiza o outro lado da moeda de quem teve uma criação excêntrica."
Providence Journal

"Eu ficava pensando no livro quando não o estava lendo, e me vinha a ansiedade de voltar a ele e mergulhar ainda mais na leitura. Queria saber mais sobre aquela família de figuras excepcionais. O romance era como um amigo de quem sentimos falta, mas que, apesar de morar muito longe, nos visita com regularidade. O que eu sentia não era a perda – era a expectativa."
Indianapolis Star

"Um romance feito de narrativas interligadas sobre a prole de hippies que cursaram a Harvard. As crianças crescem durante os anos 1970 e 1980 numa fazenda da Pensilvânia, e ali se cultiva maconha na horta e um balanço pende do teto da sala. Os filhos cavalgam pôneis, dançam pelados na chuva, vão a protestos e nunca, nunquinha sabem o que é disciplina em casa. Mas a liberdade sem limites nem sempre é uma festa. Os quatro irmãos – dois meninos e duas meninas, que narram em coro – começam a ansiar pela normalidade. A voz lastimosa e determinada da mais nova das irmãs, Maeve, é o que ancora a narrativa. Quando Maeve começa a ir para a escola, fica tão envergonhada com o que conhece (corpos e sexo) quanto com o que desconhece (TV, normas e Donna Summer). Surgem ainda mais enigmas quando a tragédia atinge as garotas mais descoladas da escola; entretanto, depois que Maeve beija um dos delinquentes juvenis do lugar, ela se vê com a chave para um reino todo seu. Maxine Swann evoca o maravilhamento da infância – assim como as farpas e pedradas da maioridade – com precisão quase alucinatória. [Sua] elegia de um momento que se foi da cultura americana nos faz lembrar que a inocência nunca perde a força."
Vogue

"*Filhos de hippies*, de Maxine Swann, é obra de deslumbrante lirismo e intensa originalidade. Conta uma história que muitos de nós estávamos esperando ouvir: o que aconteceu às crianças que cresceram na rabeira do sonho dos anos 1960? O notável na resposta de Maxine a essa pergunta é que, sem nunca esquivar-se à complexidade, ela se expressa com uma voz que tem força e textura espantosas."
Mary Gordon, autora de *Pearl*

"Maxine Swann se mostra extraordinária na capacidade de ir direto àqueles recantos calorosos, engraçados, surreais e dolorosos da infância e da vida familiar que tão raramente são captados. O estilo é impecável e plenamente evocativo – sereno e vivaz, exuberante e espartano, com esse quê de mágico e aparentemente fácil que só os escritores muito talentosos parecem possuir. Eu não queria que o livro terminasse. Ele enfeitiça."
Eliza Minot, autora de *The Brambles*

"Que escritora é a srta. Swann! Com olhar sempre certeiro para os detalhes, ela capta os pequenos sons e vistas de quatro crianças que crescem na zona rural da Pensilvânia [...]. Pegue esse livro se você quiser ser levado para uma época em que tudo era estranho e, ainda assim, adorável."
Washington Times

"Maxine Swann lida habilmente com as complexas emoções que tanto os meninos quanto as meninas vivem ao avançar para a adolescência e a idade adulta [...] Maxine é uma autora comedida e elegante que deixa as frases se

construírem devagar, como se estivesse erguendo uma estrutura tijolo a tijolo. Eu quase esvaziei a caneta sublinhando trechos marcantes."
Bookforum

"Esse segundo romance de Maxine Swann, episódico e melancólico, compõe-se de relatos curtos sobre quatro crianças cujos pais são hippies que, para 'voltar às raízes', moram e trabalham numa fazenda da Pensilvânia [...]. Maxine, sensatamente, renuncia à técnica do fluxo de consciência em favor da narrativa direta e econômica, uma opção que torna essa história mais substancial e gratificante do que a imensa maioria dos romances sobre o caminho para a maioridade."
Publishers Weekly

Conheça outros títulos do selo
Planeta Literário:

A vida breve Juan Carlos Onetti

Junta-Cadáveres Juan Carlos Onetti

O estaleiro Juan Carlos Onetti

O poço / Para uma tumba sem nome Juan Carlos Onetti

O mundo Juan José Millás

Satanás Mario Mendoza

Rumo a outro verão Janet Frame

A festa de aniversário Panos Karnezis

A assombrosa viagem de Pompônio Flato Eduardo Mendoza

Um homem apaixonado Martin Walser

Os ratos Dyonelio Machado

O Silêncio Shusaku Endo

Este livro foi composto em Spectrum MT para a Editora Planeta do Brasil em m